LE CHEF OTAKU

ARENA

CLARITY

ARENA VOLUME 5
PREMIÈRE ÉDITION

Arena a d'abord été publié sur webtoonfactory.com et l'application Webtoon Factory. Le sens de lecture est ainsi prévu de haut en bas.

SCÉNARIO ET DESSIN
© Le Chef Otaku - Clarity (Kisai Ent.)

ÉDITEUR
Éloi Morterol

MISE EN PAGE ET LETTRAGE
Hugo Ferrante avec Alice Legrand

MAQUETTE ET LOGO
Pierre-Yann Lallaizon avec Thibaud Sicard
STUDIO RECTO VERSO

RELECTURE
Jean-Baptiste Chouvenc

Dépôt légal:
octobre 2024
ISBN 978-2-8085-0751-6

Éditions VEGA S.A.S. : 57, rue Gaston Tessier,
CS 50061, 75166 Paris Cedex 19, France.

Imprimé par Imprimerie de Champagne Nouvelle, ZI Les Franchises, rue de l'étoile de Langres, 52200 Langres, France.

Achevé d'imprimer en septembre 2024.

WWW.WEBTOONFACTORY.COM

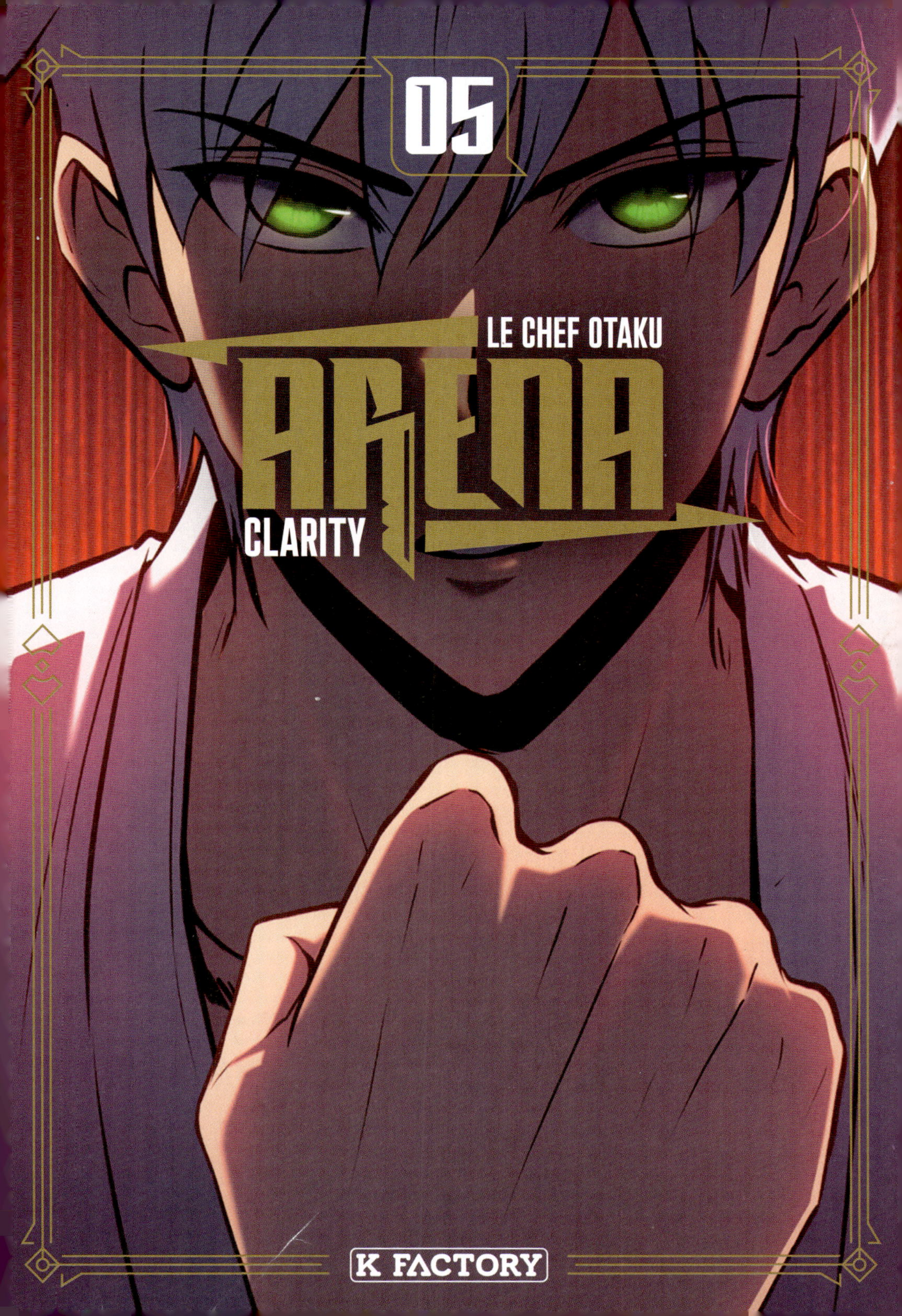
05
LE CHEF OTAKU
ARENA
CLARITY
K FACTORY

PERSONNAGES

HÉRACLÈS

MEHDI

FAUCHEUR

TORTURE

KALIGAN

RASHA

SOMMAIRE

CHAPITRE
49

ALORS ? SURPRIS DE ME VOIR ?
C... CÉDRIC ?
QU'EST-CE QUE TU NOUS VEUX ?
HA HA ! JE REVIENS D'ENTRE LES MORTS ET MÊME PAS UN PETIT SURSAUT DE STUPEUR ! À PEINE UN HAUSSEMENT DE SOURCIL !
CE BON VIEUX GABRIEL, TOUJOURS AUSSI DIRECT ET IMPASSIBLE !
TOUJOURS AUSSI **AGAÇANT** !

JE T'AI DEMANDÉ CE QUE TU NOUS VOULAIS.
ROH ÇA VAAA ! DÉTENDS-TOI UN PEU !
HMPF
JE VIENS JUSTE SALUER MES ANCIENS CAMARADES ! ÇA ME MANQUE, LE CONTACT HUMAIN.
ET QUAND JE DIS « HUMAIN », JE PARLE DE VRAIS HUMAINS, PAS DE CES SALETÉS D'ALIENS.
OÙ SONT CLÉA ET BENJAMIN ? ILS SONT AVEC TOI ?
OH ? JE LES AVAIS OUBLIÉS, CES DEUX-LÀ !
OH PUTAIN ! C'EST QUOI, CE DÉLIRE ?!

HIC MEHDI, MON FRÈRE, JE CROIS QUE T'AS RAISON, J'AI TROP PICOLÉ, JE COMMENCE À VOIR DES FANTÔMES.
ILS METTENT QUOI DANS LEUR ALCOOL ? *HIC*
L'ALCOOL N'Y EST POUR RIEN, POUR LE COUP. CÉDRIC EST BIEN VIVANT.
GULP
KÉVIN ! MEHDI ! COMMENT ÇA VA DEPUIS LE TEMPS ? LA FORME ?
YO ! FAUCHEUR !
TU FOUS QUOI ? Y A UN PROBLÈME ?
TAP
TAP
PUTAIN, C'EST QUI, ÇA, ENCORE ?

LES AMIS ! JE VOUS PRÉSENTE TRANCHEUR, DÉPECEUR ET BROYEUR !
MES NOUVEAUX COÉQUIPIERS AU SEIN DES SLASHERS !
LES SLASHERS ! LES MAÎTRES DU QUADRANT EST ?
EH OUI ! NOUS SOMMES VOS PROCHAINS ADVERSAIRES !
HA
HA
HA
C'EST PAS UNE SACRÉE COÏNCIDENCE, ÇA ? HA HA !
ALORS C'EST ÇA, LES 666 ?
PFFF ! ENCORE UN COMBAT GAGNÉ D'AVANCE !

« GAGNÉ D'AVANCE », HEIN ?
FWSH
SSHHH
POURQUOI NE PAS RÉGLER ÇA TOUT DE SUITE ?
HÉ HÉ !
ÇA FAIT PLUS D'UN AN QUE JE MEURS D'ENVIE DE TUER CHACUN D'ENTRE VOUS !
HÉ HÉ
JE ME SUIS IMAGINÉ TRANCHER LA GORGE DE TA FEMME DEVANT TES YEUX DES MILLIONS DE FOIS !

TIC
QUOI ?
KÉVIN ! RESTE CALME. NE RÉPONDS PAS À SES PROVOCATIONS.
CHOPE
NOUS BATTRE ICI NOUS ATTIRERAIT DES PROBLÈMES. CONTENTONS-NOUS DE PARTIR.
SAGE CONSEIL. TU DEVRAIS LE SUIVRE.
...
GRRR

CRISPE
...
CRRR
OK.
ON RÉGLERA ÇA DANS L'ARÈNE.
AU FAIT, J'AI FAILLI OUBLIER...
TAP
FÉLICITATIONS POUR TON BÉBÉ MORT !
PAUSE

CHOC
OH. OH.
MAIS... COMMENT...?
BOOOM

?!
GRRAAAHH
KA-BOOM

...HUH?
KHH
ÇA SUFFIT.
BZZT
BZZT
MOI QUI ME RÉJOUISSAIS À L'IDÉE DE REVOIR DES SEMBLABLES APRÈS TANT D'ANNÉES.
VOILÀ QU'IL S'AGIT DE RUSTRES INCAPABLES DE SE TENIR EN SOCIÉTÉ.
HÉRACLÈS ?

BROUHAHA
C'EST QUOI, CE BOUCAN ?
MÉLISSA ! T'AS VU ÇA ?
C'EST CÉDRIC !
LÂCHE-MOI ! T'ES QUI, ENFOIRÉ ?! TU VEUX CREVER ?
POUSSE-TOI DE LÀ ! JE VAIS LE TUER !
...!
BZZT
BON.

C'EST PLUS CALME.
BAM
TCHAK
ILS DEVRAIENT SE RÉVEILLER DANS UNE HEURE OU DEUX.
MAINTENANT, DÉGAGEZ.
RETRAITE
QUANT À VOUS, VOUS AVEZ DE LA CHANCE QUE JE SOIS INTERVENU AVANT LES INQUISITEURS.
ÇA AURAIT PU TRÈS MAL TOURNER POUR VOTRE AMI.

GABRIEL ? IL S'EST PASSÉ QUOI ? QU'EST-CE QUE FOUTAIT CÉDRIC ICI ?
HÉRACLÈS ! ATTENDEZ !
JE M'APPELLE GABRIEL WHITE, MES COMPAGNONS ET MOI VENONS DE LA PLANÈTE TERRE, NOUS SOMMES FRANÇAIS.
SI VOUS LE VOULEZ BIEN, J'AIMERAIS QUE VOUS RÉPONDIEZ À MES QUESTIONS !
JE VOUS EN PRIE ! ACCORDEZ-MOI UN PEU DE TEMPS !
JE NE PEUX PAS RATER UNE TELLE OCCASION DE RÉCOLTER DES INFOS !
GABRIEL...
!
CLAP

JE ME NOMME TIBERIUS LIVUS NERO, ANCIEN CENTURION DE L'ARMÉE DE CÉSAR.
JE SERAI PLUS QUE RAVI DE PARTAGER UNE COUPE AVEC DES CONGÉNÈRES.
AH, SUPER !
HEIIIIN ?

CHAPITRE
50

WAAA
CARPATES
60 AV. J.-C.

POUR ROME !
POUR CÉSAR !
MASSACREZ-LES !
GRAH
J'ÉTAIS EN CAMPAGNE POUR PACIFIER LES TERRITOIRES DES TRIBUS THRACES.
SLASH
LE COMBAT ÉTAIT ÉPROUVANT...
... LES GUERRIERS THRACES SONT PARTICULIÈREMENT AGUERRIS ET BRUTAUX.
ET C'EST AU PLUS DUR DU COMBAT...
... QU'IL EST APPARU...
STOP
NOUS NOUS SOMMES TOUS DEMANDÉ QUEL DIEU AVAIT DÉCHIRÉ LE CIEL...
... ÉTAIT-CE L'UN DES NÔTRES ? OU L'UN DES LEURS ?

DU
DUN
C'ÉTAIT BIEN PIRE.
CRACK
WHOOOOSH

ET C'EST COMME ÇA QUE J'AI ATTERRI SUR ARENA. LES LÉGIONNAIRES ET LES THRACES QUI M'ONT SUIVI SONT MORTS ASSEZ RAPIDEMENT.
BLABLABLA
J'AI SURVÉCU JUSQU'À AUJOURD'HUI, POUR LA FAIRE COURTE.
BLABLABLA
QUELLE HISTOIRE...
ET TOUT ÇA... C'ÉTAIT QUAND ?
GULP
IL Y A ENVIRON 20 ANS.
SEULEMENT 20 ANS ?
OOOH NON... JE CROIS QUE J'AURAIS PRÉFÉRÉ NE PAS SAVOIR ÇA...
DÉSOLÉE, JE NE COMPRENDS PAS.

QU'EST-CE QUI SE PASSE ?
VOUS NOUS DITES QUE VOUS AVEZ QUITTÉ LA TERRE IL Y A 20 ANS...
MAIS POUR NOUS, L'EMPIRE ROMAIN A DISPARU DEPUIS DES SIÈCLES.
!!!
COMMENT ?
AU CROISEMENT DES RÉALITÉS ET DU TEMPS...
QUOI ?
« AU CROISEMENT DES RÉALITÉS ET DU TEMPS », C'EST CE QUE NOUS A DIT UN DROÏDE LE JOUR OÙ ON EST ARRIVÉS SUR CETTE PLANÈTE !
BOM!
C'EST VRAI ! JE M'EN SOUVIENS ! GABRIEL, TU N'ÉTAIS PAS ENCORE ARRIVÉ !

J'ÉTAIS AVEC KALIGAN, IL NE M'A JAMAIS PARLÉ DE ÇA !
MAINTENANT QUE J'Y PENSE, JE ME SOUVIENS VAGUEMENT D'UNE PHRASE DANS LE GENRE...
QU'EST-CE QUE ÇA SIGNIFIE ? QUE NOUS AVONS VOYAGÉ DANS LE TEMPS ?
DÉCIDÉMENT, MÊME APRÈS 20 ANS, CE MONDE CONTINUE DE ME SURPRENDRE ! HA !
EH BEN ! ÇA N'A PAS L'AIR DE LE CHAMBOULER PLUS QUE ÇA !
ACK!
OPTION 1 : IL A ÉTÉ TRANSPORTÉ À NOTRE ÉPOQUE. OPTION 2 : C'EST NOUS QUI AVONS ÉTÉ TRANSPORTÉS À LA SIENNE...
OU ALORS 3 : LUI COMME NOUS SOMMES À UNE NOUVELLE ÉPOQUE...
GABI... SI LA 2 OU LA 3 SONT EXACTES, ALORS ÇA VEUT DIRE QUE...
...
BON ALORS ! ET VOUS ? RACONTEZ-MOI VOTRE HISTOIRE ! (ET REPRENEZ DONC UN VERRE !)
HA!
HA!

BLABLA
BLABLA

HMMPF

FAIS PAS CETTE TRONCHE, BORN ! C'EST LA FÊTE ! PROFITE UN PEU !
PROFITER DE QUOI ? J'AI ENCORE SUBI UNE HUMILIATION ! JE SUIS FINI !
MAIS NON ! T'EXAGÈRES !

VOTRE BILAN N'EST PAS SI CATASTROPHIQUE. VOUS AVEZ PERDU AUX PORTES DE LA LIGUE A CERTES, MAIS SEULEMENT 2 DE VOS COMBATTANTS SONT MORTS.
AVEC DE BONS REMPLAÇANTS ET UN PEU D'ENTRAÎNEMENT, VOUS PASSEREZ SANS DOUTE LA PROCHAINE FOIS.
TU LE PENSES VRAIMENT ?
FSHH
OUI. MAIS IL FAUT AUSSI AVOUER QU'AVEC LA RACLÉE QU'ON VOUS A MISE, ÇA NE VA PAS ÊTRE ÉVIDENT DE CONVAINCRE DES COMBATTANTS SÉRIEUX DE REJOINDRE VOTRE BANDE DE CLOWNS.
MERCI, PATRON.
MOUAHAHA ! J'ADORE TON SENS DE LA PUNCHLINE, GLADYS !
BUMP
POURQUOI TANT DE HAINE ?
BLAGUE À PART. QUITTE À AVOIR PERDU, J'AIME AUTANT QUE CE SOIT FACE À TOI, MON AMI.
J'AI VU VOS PROCHAINS ADVERSAIRES... ILS ME FONT FROID DANS LE DOS. MES GARS SE SERAIENT FAIT DÉCIMER À COUP SÛR !
LES « SLASHERS » HEIN ?
ILS SONT TRÈS FORTS, CE NE SERA PAS UN MATCH FACILE, MAIS JE FAIS CONFIANCE À MON ÉQUIPE.
ET FAUT DIRE QU'UN RIEN T'EFFRAIE !
J'AI ENTENDU DIRE QUE CETTE ÉQUIPE N'HÉSITE PAS À EMPLOYER DES COUPS TORDUS...
EN DEHORS DE L'ARÈNE, AVANT SES MATCHS. ILS INTIMIDENT, DÉSTABILISENT, MENACENT...
UNE FOIS DANS L'ARÈNE, ILS NE SE CONTENTENT PAS DE TUER : ILS AIMENT PRENDRE LEUR TEMPS...

UN DES LEURS, « DÉPECEUR », JE CROIS : IL AIME TRANCHER LES MEMBRES ET LES RASSEMBLER SUR LE CORPS DE SON ADVERSAIRE POUR CRÉER DES TOTEMS MACABRES. J'EN AI VU DES TRUCS DE SADIQUE, MAIS ÇA !

ET ALORS ? C'EST DE L'ESBROUFE POUR FAIRE FLIPPER LES PETITES NATURES, ÇA !
DE MON TEMPS, C'ÉTAIT COURANT, CE GENRE DE CHOSES, C'EST PAS AVEC ÇA QU'ILS VONT M'IMPRESSIONNER !
HA ! JE N'AI ABSOLUMENT AUCUN DOUTE QUE TOI, ÇA NE T'EFFRAIE PAS ! CONTRAIREMENT À UN PETIT BOURGEOIS COMME MOI, TU AS ÉTÉ DANS L'ARÈNE !
MAIS EN CE QUI CONCERNE TON ÉQUIPE...
FSHHH
ILS SONT TRÈS FORTS, MAIS ILS SONT ENCORE BIEN JEUNES. ET SI LA PLUPART DE MES GARS SONT ENCORE VIVANTS, C'EST PARCE QUE TES GARS ONT REFUSÉ DE LES ACHEVER.
EST-CE QU'ILS SERONT ASSEZ FORTS MENTALEMENT POUR AFFRONTER DES TYPES DE CE CALIBRE ?
TA QUESTION EST TRÈS PERTINENTE...
PST
MAIS LAISSE-MOI T'EN POSER UNE EN RETOUR.

LORS DU COMBAT ENTRE FENG ET GABRIEL...
QU'EST-CE QUE TU AS VU ?
QUOI ? QU'EST-CE QUE J'AI VU ? COMMENT ÇA ?
AH... ÇA T'A ÉCHAPPÉ.
C'EST VRAI QUE TES YEUX NE SONT PAS AUSSI VIFS QUE LES MIENS. SEULS DES COMBATTANTS DE HAUT NIVEAU AURAIENT PU LE VOIR, TELLEMENT TOUT A ÉTÉ RAPIDE.
VU L'EXPRESSION QU'ELLE A AFFICHÉE À CE MOMENT-LÀ...
KRRK
EEK!
... JE SUIS SÛR QUE LA SPEAKERINE L'A VU, ELLE AUSSI.

... GABRIEL N'A PAS MONTRÉ LE MOINDRE SIGNE DE RECUL...
ALORS QUE SON CORPS ÉTAIT EN TRAIN D'ÊTRE RÉDUIT EN MORCEAUX PAR LES ATTAQUES DE FENG...
ZRASS
... NI LE MOINDRE SIGNE DE SOUFFRANCE.
BAM
HÉ HÉ
AU CONTRAIRE...

HA HA
IL SEMBLAIT PARFAITEMENT HEUREUX ET EN PAIX, IL ÉTAIT AU BORD DE L'EXTASE.

MAIS...
... C'EST COMPLÈTEMENT ABSURDE, CE QUE TU ME DIS...
SILENCE
ELLE L'AURAIT VU, ELLE AUSSI ?
SI TU VEUX MON AVIS, BORN...
C'EST EUX QUI NE SONT PAS PRÊTS À L'AFFRONTER.
SANTÉ
APPAREMMENT, IL S'EST PASSÉ QUELQUE CHOSE EN BAS. FIONA, MEHDI ET KÉVIN VEULENT RENTRER. JE VAIS VOIR.
PAS DE SOUCI. ON SE RETROUVE PLUS TARD.

HÉRACLÈS EST INTERVENU ?
ON NE PEUT VRAIMENT PAS COMPTER SUR VOUS ! VOUS AVEZ DE LA CHANCE QU'IL AIT ÉTÉ CLÉMENT.
ET VOUS AVEZ ENCORE PLUS DE CHANCE QUE KALIGAN SOIT DE BONNE HUMEUR ! SINON, ÇA AURAIT CHAUFFÉ POUR VOS FESSES !
DÉSOLÉE DE VOUS GÂCHER LA SOIRÉE, GLADYS... VOUS POUVEZ Y RETOURNER, LES DROÏDES VONT NOUS RACCOMPAGNER.
TSSS ! ÇA FAIT PARTIE DE MON BOULOT ! ET PUIS...
TAP
TAP
ON NE SAIT JAMAIS. MIEUX VAUT QUE JE VIENNE.
VWOOM
ILS ONT DÉCOLLÉ.
QU'EST-CE QU'ON FAIT ? ON EN RESTE LÀ ?

EN RESTER LÀ ? T'ES SÉRIEUX ?
DEPUIS QUAND ON FAIT ÇA ?
KRRK
BAH... MOI, CE QUE J'EN DIS...
LA PATRONNE RISQUE DE NE PAS APPRÉCIER NOTRE INITIATIVE, MAIS BON...
T'EN PENSES QUOI, BROYEUR ?
...
OUAIS, T'AS RAISON.
BON ! ALORS C'EST DÉCIDÉ !
GNII
BZZT
ON VA BIEN SE MARRER !

CHAPITRE
51

ARENA

NOUS SERONS AU DÔME DANS QUELQUES MINUTES.
BIEN ! TOUT VA BIEN DERRIÈRE ?
ÇA VA ! KÉVIN SE RÉVEILLE DOUCEMENT. UN PETIT CAFÉ ET ÇA IRA MIEUX !
AH... C'EST VRAI, Y A PAS DE CAFÉ ICI.
TU PARLES TOUJOURS AUSSI FORT ?
ROH, ÇA VA ! J'ESSAIE DE RESTER DE BONNE HUMEUR.
FRONCE
C'EST PAS ÉVIDENT AVEC VOUS DEUX QUI FAITES LA TRONCHE EN PERMANENCE !

NOUS AVONS DE BONNES RAISONS...
TSS
BON ! Y EN A MARRE !
WHOOSH

ARGH ! MAIS PUTAIN ! TU FOUS QUOI ?
CHOPE
TA GUEULE !
ÉCOUTE-MOI !
JE SAIS QUE CE QUE VOUS VIVEZ EN CE MOMENT N'EST PAS FACILE. MAIS CE N'EST PAS UNE EXCUSE POUR TE COMPORTER COMME TU LE FAIS !
DE QUOI ?
TU M'AS TRÈS BIEN COMPRIS !
SERRE
FIONA ! TOUT LE MONDE VOIT COMMENT TU LA TRAITES DEPUIS QUE C'EST ARRIVÉ !
JE N'AI RIEN DIT PENDANT UN TEMPS, JE PENSAIS QUE ÇA TE PASSERAIT, MAIS MAINTENANT, J'EN AI MARRE !
JE... PEUX PAS RESPIRER !
MEC, JE N'AURAIS JAMAIS CRU DEVOIR TE DIRE ÇA À TOI UN JOUR.
T'ES UN HOMME OU PAS ? RÉPONDS !
HUMPF !! OUI !
RELÂCHE

ALORS TU VAS ARRÊTER DE CHOUINER DANS TON COIN ET TU VAS ALLER PARLER À TA FEMME. PARCE QU'ELLE A BESOIN DE TOI.
KOF KOF
ET JE TE PRÉVIENS, SI TU N'ARRANGES PAS LES CHOSES ENTRE VOUS...
... JE TE PÈTE LA GUEULE !
EUH... FIONA ?
GRATTE
COMMENT TU VAS ?
JE EUH... SUIS DÉSOLÉ POUR TOUT À L'HEURE ET...
COMMENT IL A SU ?

QUOI ?
COMMENT CÉDRIC A-T-IL SU ? COMMENT CETTE ORDURE PEUT ÊTRE AU COURANT ?
BIP
BIP
UN BÂTIMENT SE RAPPROCHE À TRÈS GRANDE VITESSE.
HEIN ? CE N'EST PAS NORMAL !

BLAM!
C'EST QUOI, ÇA ?
MAIS À QUOI ILS JOUENT, CEUX-LÀ ?
TA DAM
COUCOU !
CÉDRIC !
C'EST QUOI, CE BORDEL ! QU'EST-CE QU'ILS FOUTENT ?!

LUI, C'EST MON POTE, BROYEUR ! DIS BONJOUR, BROYEUR !
ZIP
KHIING
OH MERDE !
PROTÉGEZ-VOUS ! VITE !

FLASH

KABOOM

BLABLA
BLABLA
EH BIEN ! IL S'EN EST PASSÉ DES CHOSES, EN 20 SIÈCLES !
ET ENCORE ! ON A FAIT UN GROS RÉSUMÉ !
GLOU
COMMENT FAIT-IL POUR RESTER AUSSI NONCHALANT APRÈS TOUT CE QU'IL A APPRIS CE SOIR ?
BON ! IL EST L'HEURE POUR MOI DE RENTRER !
MERCI POUR LA DISCUSSION, C'ÉTAIT AGRÉABLE !
ATTENDEZ !
J'AI UNE DERNIÈRE QUESTION.
JE T'ÉCOUTE.
VOUS AVEZ GAGNÉ VOTRE LIBERTÉ IL Y A LONGTEMPS...
POURQUOI N'ÊTES-VOUS PAS RENTRÉ SUR TERRE ?

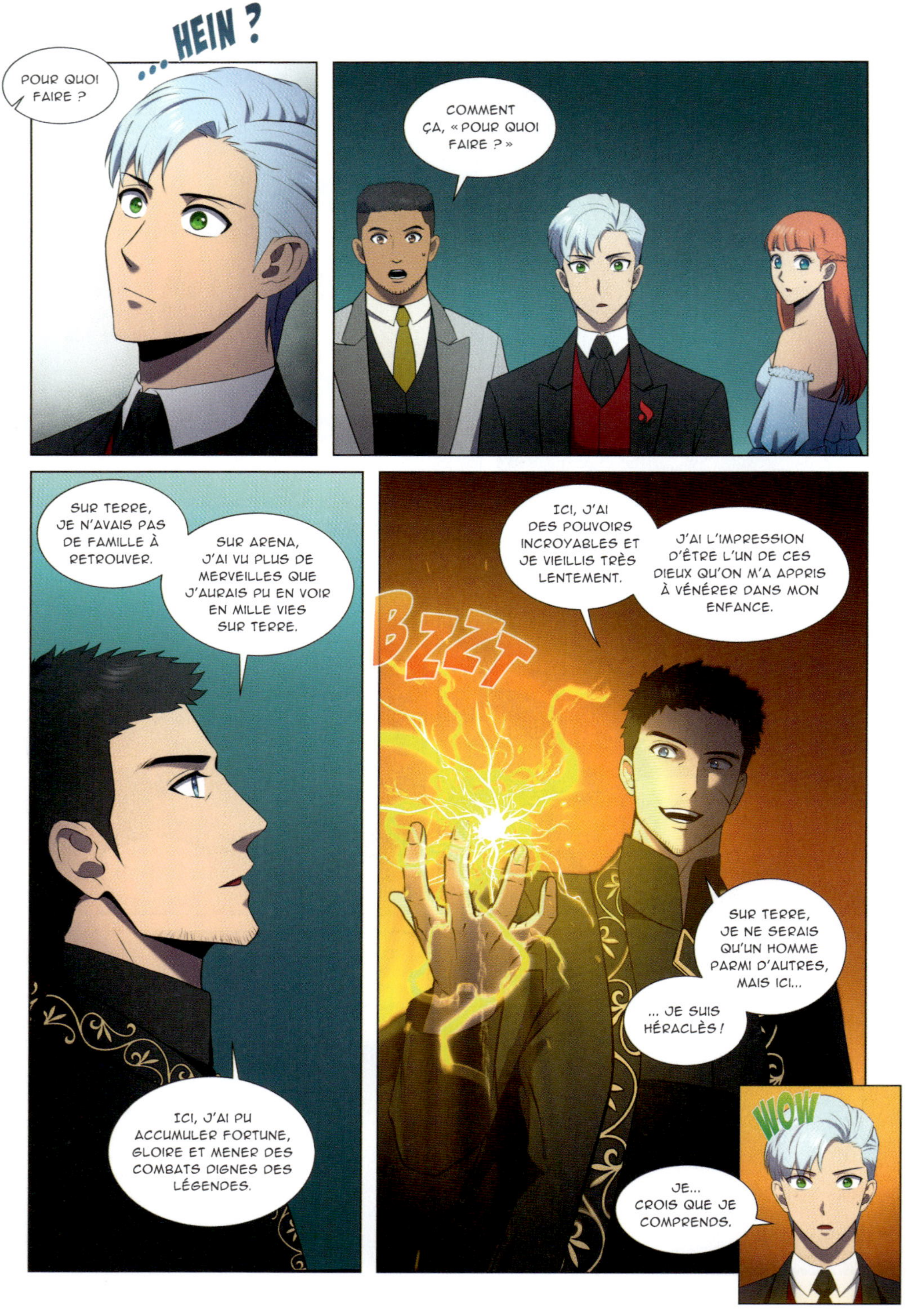
POUR QUOI FAIRE ?
... HEIN ?
COMMENT ÇA, « POUR QUOI FAIRE ? »
SUR TERRE, JE N'AVAIS PAS DE FAMILLE À RETROUVER.
SUR ARENA, J'AI VU PLUS DE MERVEILLES QUE J'AURAIS PU EN VOIR EN MILLE VIES SUR TERRE.
ICI, J'AI PU ACCUMULER FORTUNE, GLOIRE ET MENER DES COMBATS DIGNES DES LÉGENDES.
ICI, J'AI DES POUVOIRS INCROYABLES ET JE VIEILLIS TRÈS LENTEMENT.
J'AI L'IMPRESSION D'ÊTRE L'UN DE CES DIEUX QU'ON M'A APPRIS À VÉNÉRER DANS MON ENFANCE.
BZZT
SUR TERRE, JE NE SERAIS QU'UN HOMME PARMI D'AUTRES, MAIS ICI...
... JE SUIS HÉRACLÈS !
WOW
JE... CROIS QUE JE COMPRENDS.

ALLEZ ! AU PLAISIR ! BONNE CHANCE DANS L'ARÈNE !
TAP
TAP
EH BIEN ! C'EST UN SACRÉ PERSONNAGE, CELUI-LÀ !
...
BON ! JE RETOURNE DANSER !
WHISH
GABRIEL ?
OUI ?
ON VIENT DE BOIRE UN COUP AVEC UN CENTURION ROMAIN.
OUI.
ÇA N'A AUCUN SENS.
NON.

CRACK
CRACK
FWIP
HÉ ! VOUS ÊTES VIVANTS ?
ÇA VA ! ON N'A RIEN !
BORDEL ! Y A PAS DE BOUCLIER RÉFLECTEUR OU UN TRUC DU GENRE SUR VOS VAISSEAUX ?
VUUUNG

TENEZ-VOUS PRÊTS !
QU'EST-CE QU'ILS NOUS VEULENT ENCORE ?
C'EST PAS ÉVIDENT ?
HOP
BOM
CRACK
KÉVIN ! ON A ÉTÉ INTERROMPUS TOUT À L'HEURE !
SI ON REPRENAIT OÙ ON EN ÉTAIT ?
AUCUN PROBLÈME !
C'EST PARCE QUE TU PENSES GALÉRER TOUT SEUL QUE T'AS RAMENÉ TES COPINES ?
FWSH

JE L'AIME BIEN, LUI !
HAHA !
PLUS ON EST DE FOUS, PLUS ON RIT !
MAIS EUH... C'EST PAS INTERDIT CE QU'ILS FONT, LÀ ?
TANT QUE PERSONNE NE TUE PERSONNE, C'EST AUTORISÉ.
SST
LE DÔME N'EST PAS LOIN, AVEC LA RÉSONANCE, VOUS Y SEREZ EN QUELQUES MINUTES.
FOUTEZ LE CAMP D'ICI. ILS NE DOIVENT PAS CONNAÎTRE VOS TECHNIQUES AVANT LE MATCH.
QUOI ? C'EST DÉBILE ! ILS PEUVENT VOIR NOS ANCIENS COMBATS DE TOUTE FAÇON !
TAP
VOIR ET ÉPROUVER SONT DEUX CHOSES DIFFÉRENTES. C'EST UN ORDRE !
TAP
ET VOUS ?
JE LES RETIENS ICI.
QUOI ?
AVEC TOUT MON RESPECT, GLADYS, ÇA N'A PAS L'AIR D'ÊTRE UNE BONNE IDÉE.
ON PEUT SE BATTRE !
OUAIS, ET PUIS VOUS N'ÊTES PAS UNE COMBATTANTE...
... ALORS...

VWOOSH
!!
EH BIEN ! JE NE M'Y ATTENDAIS PAS, À CELLE-LÀ !
NE VOUS INQUIÉTEZ PAS POUR MOI.
FWOOSH

CHAPITRE
52

HEIN ?
VOUS AUSSI, VOUS ÊTES UNE EX-CHAMPIONNE ?
NE DITES PAS DE BÊTISES !
RAAAH ! J'EN AI MARRE D'ATTENDRE !
DASH
WHOUP
ATTENTION !
JE M'EN CHARGE !

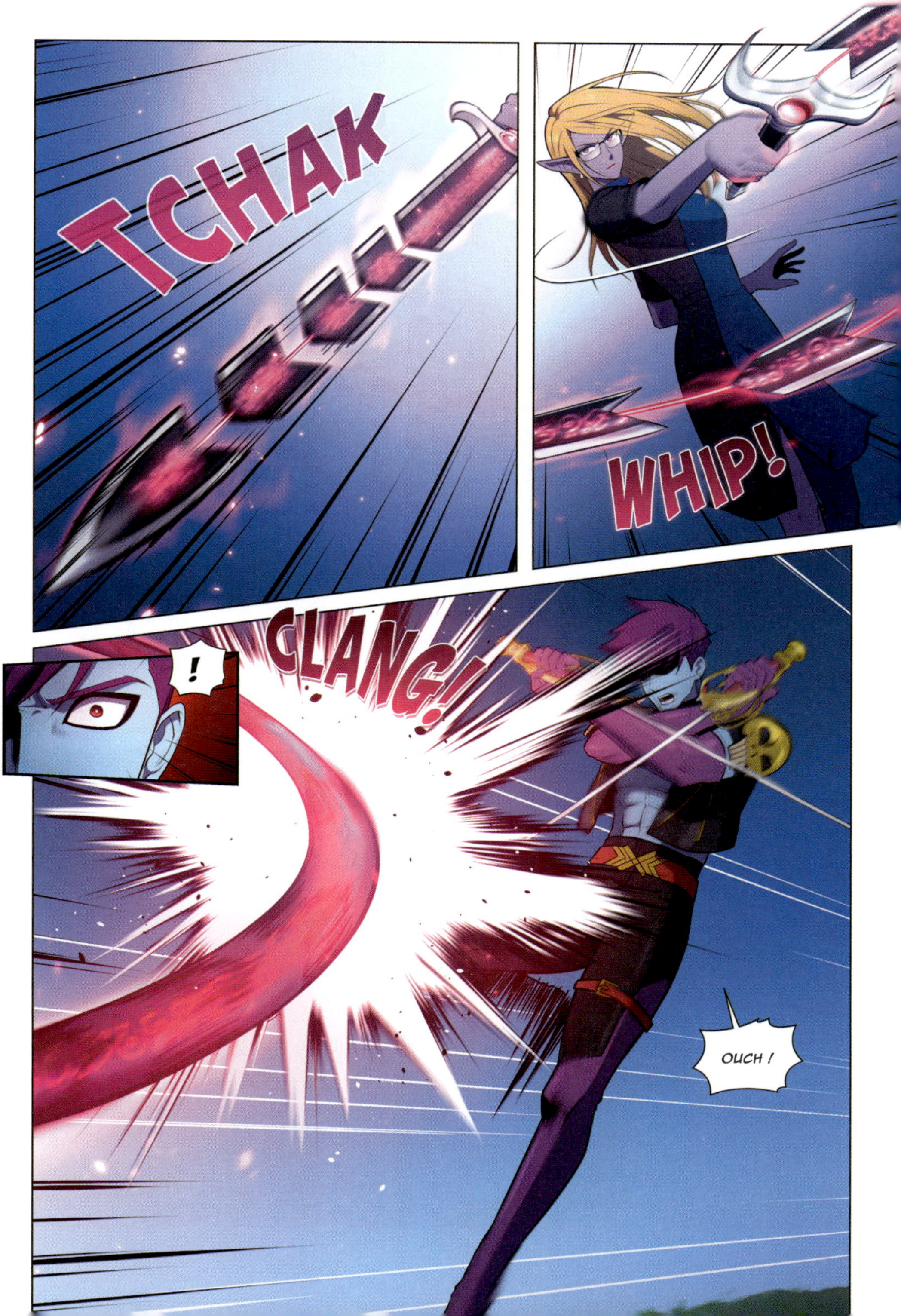
TCHAK
WHIP!
!
CLANG!
OUCH !

BOOM
IL NE SAIT PAS SE TENIR.
EH BEN...
QU'EST-CE QUE VOUS FAITES ENCORE LÀ ! JE VOUS AI DIT DE FOUTRE LE CAMP !
OK ! OK ! FAITES GAFFE QUAND MÊME !

DASH
VOUS ÊTES SÛRS QUE C'EST UNE BONNE IDÉE DE LA LAISSER ?
ON DOIT SUIVRE SES ORDRES !
IL FAUT QU'ON SE DÉPÊCHE !
UNE FOIS AU DÔME, AVEC UN PEU DE CHANCE...
EUH... ILS S'EN VONT, LÀ. ON FAIT QUOI ?
ON LES POURSUIT.

DASH
VOUS N'IREZ NULLE PART !
HOP
BLAM !
WHOOSH

REVIENS ICI !
CLANG
COUCOU !
?!
BOM
BOM
BOM
MERDE ! IL Y EN A DEUX QUI ONT FILÉ.
SI JE PEUX AU MOINS RETENIR CES DEUX-LÀ... C'EST DÉJÀ ÇA.

BOUGE DE LÀ, TRANCHEUR !
RATTRAPE FAUCHEUR ET LE GROS DÉBILE. CELLE-CI EST POUR MOI !
WOUSH
WOUSH
BSST
À VRAI DIRE...
... ELLE ME PLAÎT BIEN AUSSI !
WHAM !
HOP
BOOM !

CRAAACK
JE T'AI DÉJÀ DIT DE NE PAS FRAPPER QUAND JE SUIS DANS TA DIRECTION !
BAH T'AS QU'À PAS RESTER DANS MA DIRECTION.
GRRR
GRRR
IL N'A MÊME PAS UTILISÉ DE RÉSONANCE ! CES TYPES SONT DANGEREUX ! IL VA ME FALLOIR DU RENFORT.
TAK
BIP
LA LIGNE D'URGENCE, VITE !
SCHLAK
MERDE ! IL EST RAPIDE !

REGARDEZ !
ON Y EST PRESQUE !
MERDE ! ILS NOUS RATTRAPENT !
WOUSH
YAHOOOOOOOO !
BOM
BOM
BOM
BOM
J'ARRIVE, LES COPAINS !

POW
POW
POW
POW
BAM!
BAM!
BAM!
MERDE !
ALLEZ, VENEZ... ON VA S'AMUSER UN PEU !

JE CROIS QUE CETTE FOIS, ON N'A PAS LE CHOIX !
TANT MIEUX ! JE RÊVE DE ME FAIRE CE FUMIER !
VOUS NE FEREZ RIEN DU TOUT !
TAP
BAH V'LÀ AUTRE CHOSE !
ON VA EN RESTER LÀ POUR CE SOIR.
FAITES DEMI-TOUR AVANT QUE ÇA DÉGÉNÈRE POUR VOUS. VOUS RÉGLEREZ VOS DIFFÉRENTS DANS L'ARÈNE.
ON PEUT SAVOIR T'ES QUI ?
FAIS UN PAS DE PLUS ET TU VAS VITE LE DÉCOUVRIR.
HA HA ! AH OUAIS ?

ALLEZ VIENS, BROYEUR ! ON VA SE LES FAIRE À 2 CONTRE 4 !
TREMBLE
BROYEUR ? QU'EST-CE QUI T'ARRIVE ?
THWIP!
OH !
THWIP!
MAIS C'EST QUOI, ÇA ?
JE NE PEUX PAS BOUGER !
THWIP!
ON PEUT SAVOIR À QUOI VOUS JOUEZ ?
TOR... TORTURE ! TU ES LÀ ?
R... RIEN, ON S'AMUSE UN PEU... C'EST TOUT.
TORTURE ?
PROBABLEMENT UN AUTRE MEMBRE DE LEUR ÉQUIPE.
LA PATRONNE N'A PAS AUTORISÉ CE QUE VOUS FAITES. ELLE NE VA PAS APPRÉCIER ET JE N'APPRÉCIE PAS NON PLUS... PAS DU TOUT.
OK ! OK ! PARDON ! JE NE SAIS PAS CE QUI NOUS A PRIS ! JE SUIS DÉSOLÉ ! ON VA RENTRER ! PROMIS !

ON RÉGLERA ÇA PLUS TARD...
RENTRONS VITE.
QUELQU'UN DE TRÈS PUISSANT APPROCHE.
FWIP
JE VOUS PRIE D'EXCUSER MES COÉQUIPIERS, ILS MANQUENT CRUELLEMENT DE DISCIPLINE.
À BIENTÔT.

DASH
MAIS QU'EST-CE QU'IL VIENT DE SE PASSER ?
ALORS LÀ !
GLADYS ! IL FAUT ALLER L'AIDER !
PAS LA PEINE.
BOM
TORTURE ! TRANCHEUR ET DÉPECEUR SONT DANS L'AUTRE DIRECTION !
BOM
C'EST TROP TARD POUR EUX.
QUOI ? COMMENT ÇA ?
BOM

BOOM !
BRMMBR
HA...
HA...
EH BIEN ! ON S'ÉCLATE ! JE NE M'ATTENDAIS PAS À ÇA !
EFFECTIVEMENT ! NOUS DONNER AUTANT DE MAL À ELLE TOUTE SEULE, ÇA FORCE LE RESPECT !
QUEL DOMMAGE QU'ON NE SOIT PAS DANS L'ARÈNE !
SLURP
TU AS UN TRÈS BEAU CORPS, J'AURAIS ADORÉ LE DÉPECER ET LE RECONSTRUIRE !
C'EST PAS UNE FAÇON DE PARLER À UNE DAME !
!

GAMINS, VOUS VENEZ DE FAIRE UNE ÉNORME CONNERIE.

CHAPITRE 53

ARENA

JE CROIS QUE NOUS SOMMES ARRIVÉS AU BON MOMENT.
J'AI RIEN COMPRIS. IL SE PASSE QUOI EXACTEMENT ?
FERMEZ-LA DEUX SECONDES.
MEC... C'EST KALIGAN...
ON DEVRAIT PEUT-ÊTRE EN RESTER LÀ, NON ? ON A ASSEZ RIGOLÉ POUR CE SOIR.
ET RATER L'OCCASION DE TESTER UN MEC DE CE NIVEAU ? AUCUNE CHANCE !
ÇA VA ALLER, MADEMOISELLE GLADYS ?
J'AI CONNU MIEUX. J'AI CRU QUE VOUS N'AVIEZ PAS REÇU MON APPEL.
OÙ SONT LES AUTRES ?
EN SÉCURITÉ... J'ESPÈRE.
NE T'INQUIÈTE PAS, TU T'ES TRÈS BIEN DÉBROUILLÉE, GLADYS.
VOUS AUTRES, RACCOMPAGNEZ-LA AU DÔME, JE VOUS REJOINS.
!

QUOI ? JE NE VAIS PAS VOUS LAISSER...!!
TAP
TAP
TAP

WHOOSH
JE SAVAIS QUE VOTRE ÉQUIPE A L'HABITUDE DE S'EN PRENDRE AUX ADVERSAIRES EN DEHORS DE L'ARÈNE...
... ALORS QUE VOUS VOULIEZ VOUS CHAMAILLER AVEC MES GARS GENTIMENT...
POURQUOI PAS ?
CRACA
BRMBRM
!
!!

WOW ! C'EST QUOI ÇA ?
TAP
TAP
NE VOUS INQUIÉTEZ PAS.
TAP
ÇA NE VA PAS DURER LONGTEMPS.
MAIS QUE VOUS VOUS EN PRENIEZ À MON ASSISTANTE...
GLOUPS
BZZT
C'EST IMPARDONNABLE !

QUOI ? COMMENT IL A APPROCHÉ AUSSI VITE !?
CRASH
CHOPE
VOUS AVEZ FAIT CHIER LA MAUVAISE ÉQUIPE.
RAGE
MERDE !

WHAM
BOOM!
OH PUTAIN !

HOULÀ ! TOUJOURS VIVANT ?
CRACK
TOI ! RAMASSE TON POTE ET ENVOIE-LE SE FAIRE SOIGNER !
JE ME SUIS UN PEU LAISSER EMPORTER, SON CRÂNE A FAIT UN DRÔLE DE BRUIT.
PUTAIN !
PUTAIN !
PUTAIN ! PUTAIN !
BAH ALORS ? T'ATTENDS QUOI ?
RAAAAARGH !

BOOM !
!
MAIS QU'EST-CE QU'IL SE PASSE LÀ-BAS ?
CONTINUEZ SANS MOI ! IL FAUT QUE J'AILLE VOIR !
SRKKK
QUOI ? MAIS ATTENDS !

AMÈNE-TOI, KALIGAN ! TU NE ME FAIS PAS PEUR !
WOUSH

HÉ HÉ
CRRRK
TU OSES APPELER ÇA UNE AURA ?
BOOM!
VWOOM

VWOOSH
ALORS C'EST ÇA ? C'EST ÇA LE NIVEAU SS !
MAIS...
C'EST N'IMP... N'IMPORTE QUOI !
C'EST BON ? T'ES CALMÉ ?
CRACK
CRACK

BLAAM
BOOM!
ARF...

... J'Y SUIS PEUT-ÊTRE ALLÉ UN PEU FORT.
VWOOSH

VOUS TOMBEZ BIEN ! DESCENDEZ DONC SOIGNER CES TYPES !
FSHH
FSHH
BAH QUOI ? RESTEZ PAS LÀ À ME REGARDER COMME ÇA !
À MOINS QUE VOUS NE SOYEZ VENUS POUR MOI ?
EN TANT QUE CITOYEN POSSÉDANT, J'AI PARFAITEMENT LE DROIT DE ME DÉFENDRE, ET DE PLUS CES BRANLEURS RESPIRENT ENCORE.
ALORS J'ESPÈRE QUE VOUS ÊTES VENUS LES SANCTIONNER EUX...
PARCE QUE SI C'EST POUR MOI...
... JE CROIS QUE VOUS N'AVEZ PAS AMENÉ ASSEZ DE RENFORTS...

CITOYEN POSSÉDANT KALIGAN, VOUS N'AVEZ RIEN À CRAINDRE, VOUS ÊTES EN RÈGLE.
NOUS AVONS RESSENTI UNE AURA MEURTRIÈRE ÉMANANT DU COMBATTANT « DÉPECEUR ». NOUS SOMMES VENUS EN NOMBRE, CAR AU VU DES NIVEAUX D'ÉNERGIE DÉPLOYÉS, NOUS NOUS ATTENDIONS À UNE TRENTAINE DE COMBATTANTS IMPLIQUÉS.
OR IL N'Y AVAIT QUE VOUS.
HM... DU COUP JE PEUX Y ALLER ?
BIEN SÛR. BONNE FIN DE SOIRÉE.
OUAIS, C'EST ÇA.
ALLEZ VIENS, GABRIEL, ON RENTRE !

FUHHH
TU M'AS VU ?
PAS BESOIN, ALLEZ VIENS.

FLAP
FLAP

FLAP

FLAP
FLAP
FLAP
PATRONNE, VOUS AVEZ VU LES IMAGES ? QU'EST-CE QU'ON FAIT MAINTENANT ?
CES CRÉTINS ONT FAIT N'IMPORTE QUOI ! ÇA VA ME COÛTER UNE FORTUNE POUR RÉPARER LEURS BÊTISES. RENTRE AU BERCAIL...
RASHA, SPONSOR DES SLASHERS.
NOUS AVONS UN MATCH DIFFICILE À PRÉPARER.

CHAPITRE
54

BON ! TOUT LE MONDE VA BIEN ? PARFAIT !
CE GENRE DE CHOSES ÉTAIENT MONNAIE COURANTE DE MON TEMPS.
IL NE FAUT SURTOUT PAS SE LAISSER IMPRESSIONNER ET GARDER SON SANG-FROID.
AAAARGH ! JE VAIS TUER CET ENFOIRÉ !
RAAH!
QU'EST-CE QUE JE VIENS DE DIRE ?
BON, JE SUIS MAL PLACÉ POUR CRITIQUER...
NOUS AVONS D'EXCELLENTES RAISONS D'ÊTRE EN COLÈRE ! COMMENT ÇA SE FAIT QU'ON DOIVE ENCORE SE COLTINER CÉDRIC ?
JE CROYAIS QUE VOUS VOUS EN ÉTIEZ DÉBARRASSÉ, ET POURTANT IL EST BIEN VIVANT !
ET IL ESSAIE **ENCORE** DE NOUS TUER !

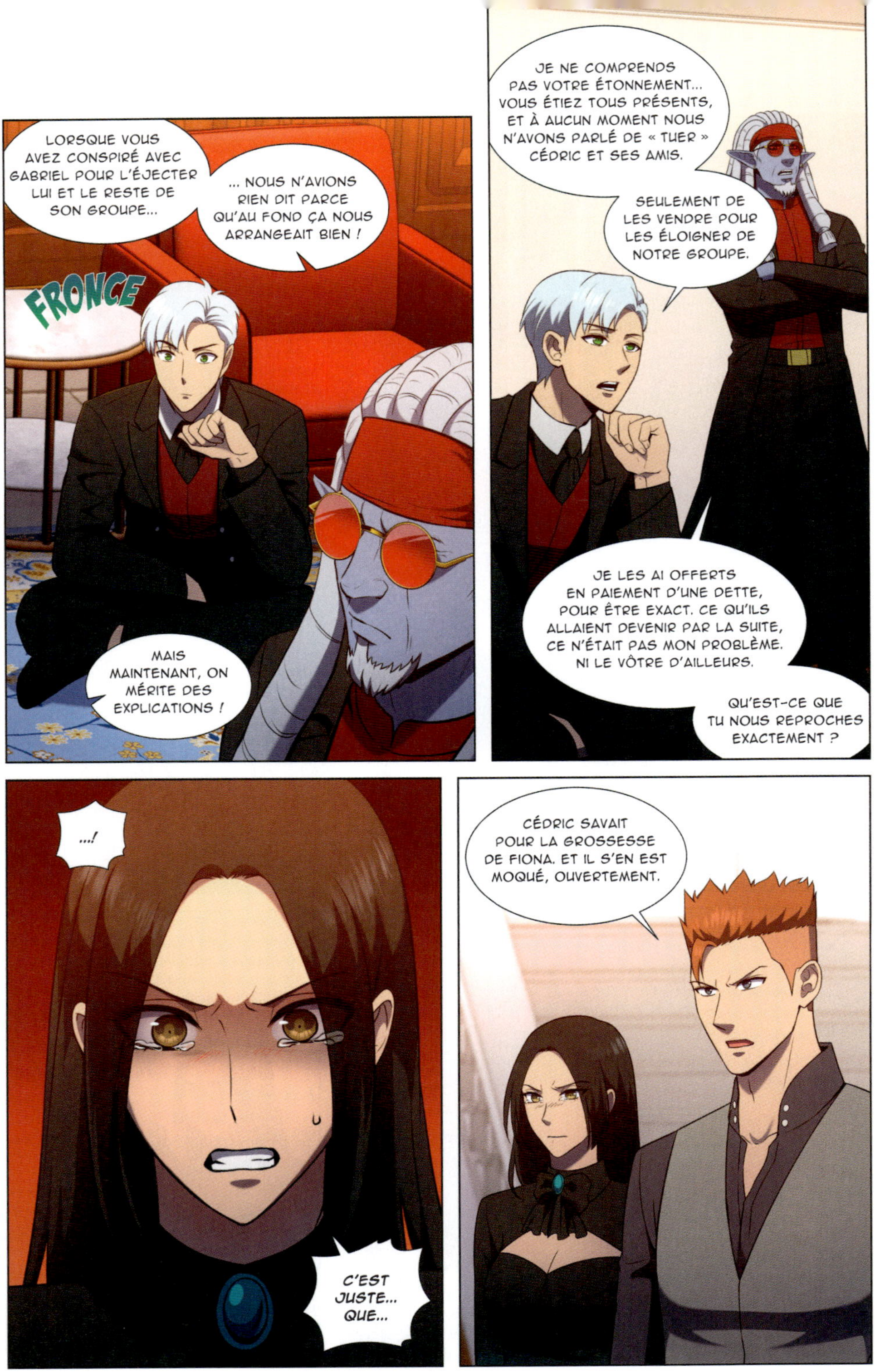
LORSQUE VOUS AVEZ CONSPIRÉ AVEC GABRIEL POUR L'ÉJECTER LUI ET LE RESTE DE SON GROUPE...
... NOUS N'AVIONS RIEN DIT PARCE QU'AU FOND ÇA NOUS ARRANGEAIT BIEN !
FRONCE
MAIS MAINTENANT, ON MÉRITE DES EXPLICATIONS !
JE NE COMPRENDS PAS VOTRE ÉTONNEMENT... VOUS ÉTIEZ TOUS PRÉSENTS, ET À AUCUN MOMENT NOUS N'AVONS PARLÉ DE « TUER » CÉDRIC ET SES AMIS.
SEULEMENT DE LES VENDRE POUR LES ÉLOIGNER DE NOTRE GROUPE.
JE LES AI OFFERTS EN PAIEMENT D'UNE DETTE, POUR ÊTRE EXACT. CE QU'ILS ALLAIENT DEVENIR PAR LA SUITE, CE N'ÉTAIT PAS MON PROBLÈME. NI LE VÔTRE D'AILLEURS.
QU'EST-CE QUE TU NOUS REPROCHES EXACTEMENT ?
...!
C'EST JUSTE... QUE...
CÉDRIC SAVAIT POUR LA GROSSESSE DE FIONA. ET IL S'EN EST MOQUÉ, OUVERTEMENT.

...
HM... JE VOIS.
...
KLK
BIEN, JE COMPRENDS MIEUX VOTRE RÉACTION À TOUS LES DEUX.
JE SAIS QUE VOUS TRAVERSEZ UNE PÉRIODE DIFFICILE, MAIS IL NE FAUT PAS QUE CE QU'A PU DIRE CET ABRUTI VOUS PERTURBE.
IL ESSAIE CLAIREMENT DE JOUER AVEC VOS NERFS.
SI VOUS VOUS LAISSEZ ATTEINDRE, LUI ET SES NOUVEAUX POTES ONT DÉJÀ GAGNÉ.

ALLEZ VOUS COUCHER, ON TRAVAILLERA À ÉLABORER UN PLAN D'ATTAQUE DÈS DEMAIN.
TAP
TAP
TAP
KÉVIN, ATTENDS !
CHOPE
!
MERCI POUR CE QUE TU AS FAIT.
C'EST RIEN.
EST-CE QUE TU CROIS QU'ON... PEUT DISCUTER UN PEU EN PRIVÉ ?

VUUUNG
BIEN ! ILS ONT FINI LES RÉPARATIONS. EFFICACES, CES DROÏDES.
TU VAS BIEN ?
WOOSH
OUI, J'EN AI VU D'AUTRES.
BIEN ! JE VEUX QUE DÈS DEMAIN TU PASSES LE DÔME AU PEIGNE FIN ET QUE TU FASSES VÉRIFIER TOUS LES DROÏDES.
VOUS CROYEZ QU'ON NOUS ESPIONNE ?
NAAAAN !
JE SAIS QU'ON NOUS ESPIONNE. JE VEUX SAVOIR COMMENT.
KLK
CE SERA FAIT.
VUUUNG

SILENCE
BON... JE TE PAIE UN VERRE ?
PFFFF
JE NE BOIS PAS D'ALCOOL... ET JE SUIS MARIÉ.
COMME TU VEUX.
TOURNE
ROOH ÇA VA ! JE PLAISANTE ! JE DIS PAS NON À UN THÉ.
PAR CONTRE N'ESSAIE PAS DE ME SÉDUIRE QUAND T'AURAS UN COUP DANS LE NEZ !
TAP
TAP
ÇA NE RISQUE PAS.
ÉCOUTE...
JE SAIS QUE NOUS N'AVONS PAS BEAUCOUP PARLÉ DEPUIS... CETTE NUIT-LÀ.
JE... JE VOUDRAIS TE PRÉSENTER MES EXCUSES...
POUR T'AVOIR TRAITÉE COMME JE L'AI FAIT CES DERNIERS TEMPS.
TU NE MÉRITAIS PAS ÇA.

EST-CE QUE C'EST PARCE QUE... TU M'EN VEUX ?
TU VOULAIS QU'ON LE GARDE ?
NON.
ENFIN... PEUT-ÊTRE, JE NE SAIS PAS.
MAIS JE NE T'EN AI JAMAIS VOULU D'AVOIR FAIT CE CHOIX.
JE T'EN AI VOULU DE NE PAS M'AVOIR ATTENDU POUR LE FAIRE.
!
OH KÉVIN, JE...
JE ME SUIS POSÉ LA QUESTION MILLE FOIS.
POURQUOI EST-CE QUE TU NE M'AS PAS ATTENDU ?
PUIS J'AI FINI PAR TROUVER LA RÉPONSE...
ET APRÈS ÇA, JE NE T'EN AI PLUS VOULU.
TU NE M'AS PAS ATTENDU PARCE QUE TU ME CROIS TROP FAIBLE POUR PRENDRE UNE TELLE DÉCISION.
C'EST À MOI-MÊME QUE J'EN VOULAIS, TELLEMENT J'AVAIS HONTE !
CRRR
PARCE QUE C'EST TOUT CE QUE J'AI ÉTÉ DEPUIS QU'ON EST ARRIVÉS ICI...
... UN FAIBLE !

KÉVIN, NON JE...
POF
TCHACK
SI ! NE ME MENS PAS !
ET TU SAIS QUOI ? TU AS PARFAITEMENT RAISON ! JE N'AI PAS ÉTÉ À LA HAUTEUR.
JE N'AI JAMAIS PU TENIR TÊTE À CÉDRIC, ENCORE MOINS À GABRIEL.
JE N'AI PRIS AUCUNE BONNE DÉCISION. JE N'AI FAIT QU'AVOIR PEUR.
S'IL N'Y AVAIT PAS EU MEHDI ET TOI, JE...
J'AURAIS TRÈS CERTAINEMENT...

J'AURAIS CERTAINEMENT FINI COMME MON PÈRE.
KÉVIN S'IL TE PLAÎT ! DEPUIS LE TEMPS QU'ON SE CONNAÎT, C'EST LA PREMIÈRE FOIS QUE TU ÉVOQUES TON PÈRE.
QU'EST-CE QUE ÇA A À VOIR AVEC NOUS ? DIS-LE-MOI !
CHOPE
COMME TON PÈRE ? MAIS DE QUOI EST-CE QUE TU PARLES ?
RIEN, C'EST SANS IMPORTANCE.
NON, TU AS RAISON, ÇA N'A RIEN À VOIR. OUBLIE ÇA.
KÉVIN JE T'EN PRIE ! PARLE-MOI !
S'IL TE PLAÎT...
LORSQUE J'AVAIS HUIT ANS...
MON PÈRE... S'EST SUICIDÉ.

QUOI ? MAIS TU M'AVAIS DIT QU'IL ÉTAIT MORT DANS UN ACCIDENT !
OUI... J'AI MENTI.
C'EST CE QUE MA MÈRE M'A TOUJOURS DIT DE DIRE À CE SUJET. PARCE QU'ELLE AVAIT HONTE.
J'ADORAIS MON PÈRE À CETTE ÉPOQUE.
PAPAAA!
IL ÉTAIT TOUJOURS DE BONNE HUMEUR, LES VOISINS L'ADORAIENT...
... ET AVEC MA MÈRE, ILS FORMAIENT UN COUPLE IDÉAL.
MAIS UN SOIR...
CLACK
... ALORS QU'ON RENTRAIT DE L'ÉCOLE AVEC MA MÈRE...
... ON L'A RETROUVÉ PENDU DANS LE SALON.

Pardon
IL A EXPLIQUÉ SON GESTE DANS UNE LETTRE.
ÇA FAISAIT DES ANNÉES QU'IL ACCUMULAIT D'ÉNORMES DETTES DE JEU. ÇA LUI DEVENAIT TROP DIFFICILE DE REMBOURSER, IL NE L'A PAS SUPPORTÉ.
HUWAAA!
IL AURAIT PU EN PARLER À QUELQU'UN...
DEMANDER DE L'AIDE...
MAIS NON, IL A PRÉFÉRÉ NOUS ABANDONNER, IL A PRÉFÉRÉ FUIR.
MA MÈRE NE LUI A JAMAIS PARDONNÉ. ET JE CROIS BIEN QUE MOI NON PLUS.
TREMBLE
ELLE A MIS DES ANNÉES À REMBOURSER À SA PLACE.
IL L'A LAISSÉE SEULE POUR RÉGLER SES PROBLÈMES.

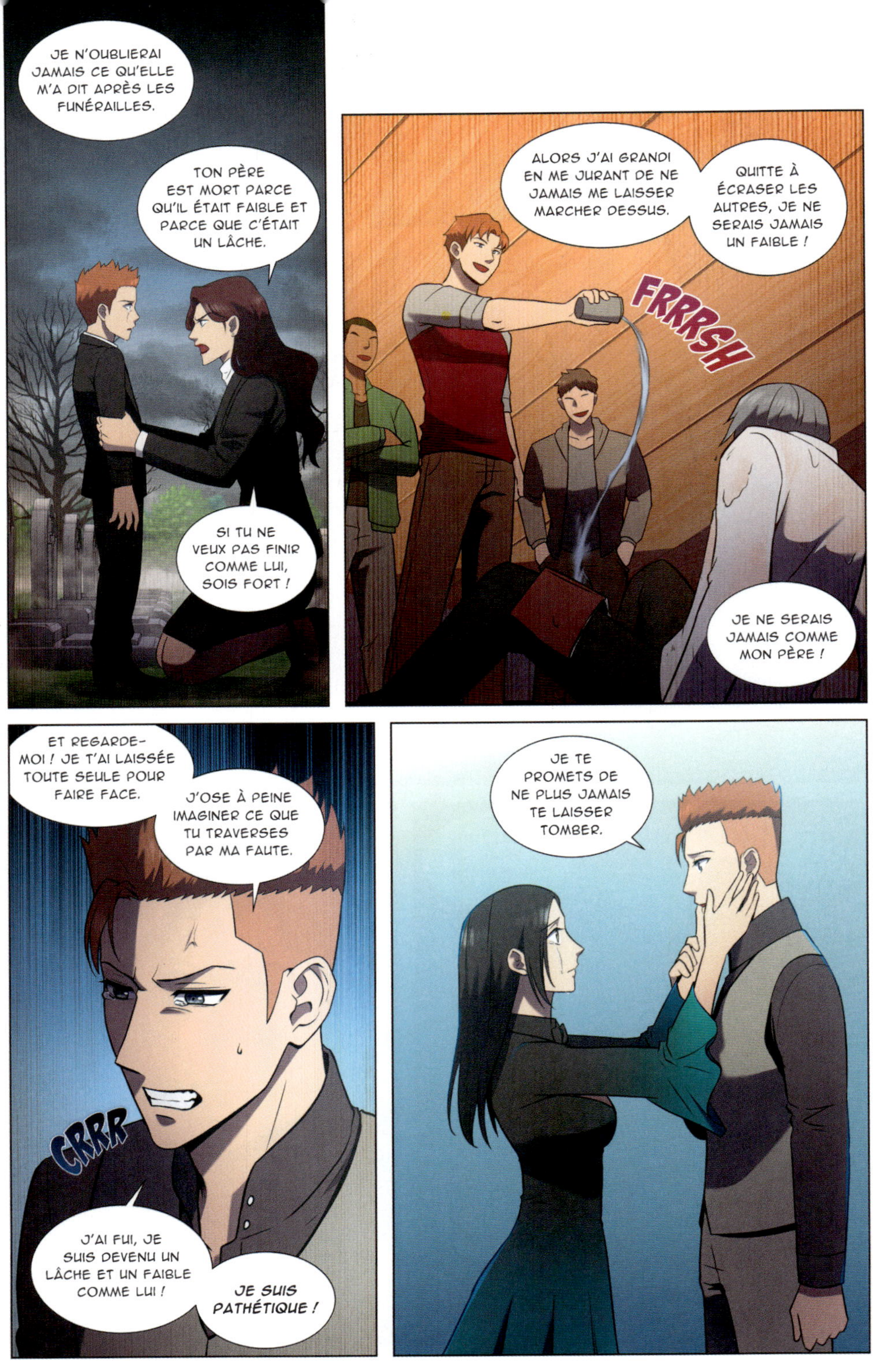
JE N'OUBLIERAI JAMAIS CE QU'ELLE M'A DIT APRÈS LES FUNÉRAILLES.
TON PÈRE EST MORT PARCE QU'IL ÉTAIT FAIBLE ET PARCE QUE C'ÉTAIT UN LÂCHE.
SI TU NE VEUX PAS FINIR COMME LUI, SOIS FORT !
ALORS J'AI GRANDI EN ME JURANT DE NE JAMAIS ME LAISSER MARCHER DESSUS.
QUITTE À ÉCRASER LES AUTRES, JE NE SERAIS JAMAIS UN FAIBLE !
FRRRSH
JE NE SERAIS JAMAIS COMME MON PÈRE !
ET REGARDE-MOI ! JE T'AI LAISSÉE TOUTE SEULE POUR FAIRE FACE.
J'OSE À PEINE IMAGINER CE QUE TU TRAVERSES PAR MA FAUTE.
CRRR
J'AI FUI, JE SUIS DEVENU UN LÂCHE ET UN FAIBLE COMME LUI !
JE SUIS PATHÉTIQUE !
JE TE PROMETS DE NE PLUS JAMAIS TE LAISSER TOMBER.

AH BON SANG ! JE SUIS EXTÉNUÉ !
UN PETIT BAIN ET DODO !
TAP
TAP
BON RETOUR MAÎTRE. UN INVITÉ VOUS ATTEND.
QUOI ?

BONSOIR M. KALIGAN.
VEUILLEZ EXCUSER MA VISITE TARDIVE, MAIS L'AFFAIRE EST URGENTE.

FRONCE
T'ES QUI ? TU VEUX QUOI ?
JE ME NOMME EROS, ASSISTANT PERSONNEL DE RASHA KAZAR, POSSÉDANTE ET PROPRIÉTAIRE DE L'ÉQUIPE DES SLASHERS.
COURBETTE
DÉCIDÉMENT, VOUS ÊTES PARTOUT CE SOIR !
DAME KAZAR A EU VENT DES AGISSEMENTS DE CERTAINS MEMBRES DE SON ÉQUIPE...
... ET SOUHAITERAIT VOUS PRÉSENTER SES EXCUSES EN PERSONNE LORS D'UN DÎNER DEMAIN SOIR.
HM... ET ELLE NE POUVAIT PAS JUSTE M'ENVOYER UN MESSAGE ?

DAME KAZAR EST TRÈS ATTACHÉE À L'ÉTIQUETTE...
PFFFF...
... ET AU VU DES CIRCONSTANCES, ELLE A PENSÉ QU'UNE INVITATION PLUS FORMELLE ÉTAIT NÉCESSAIRE.
BIEN ! FAITES-MOI PARVENIR LE LIEU ET L'HORAIRE. MAINTENANT DÉGUERPIS ! J'AI UN BAIN QUI M'ATTEND !
TAP
TAP
TAP
MERCI BEAUCOUP.
À BIENTÔT.
DÉCIDÉMENT CES NOUVEAUX ADVERSAIRES SONT DE SACRÉS CASSE-COUILLES !
GRRML

CHAPITRE
55

ARENA

LE LENDEMAIN MATIN
297
298
BLAM
DASH
TCHACK
SLASH

HMPF ! JE CROIS QUE C'EST MON MAXIMUM.
HEIN ? SEULEMENT 300 KILOS ! QU'EST-CE QUI T'ARRIVE ?
TREMBLE
TREMBLE
« SEULEMENT » ?
JE CROIS BIEN QUE JE NE SUIS PAS TOTALEMENT REMIS DE MON DERNIER COMBAT.
ET COMME JE NE PEUX PAS UTILISER LA RÉSONANCE...
CLANK
AH OUI, C'EST VRAI. À PROPOS DE TON COMBAT, JE PEUX TE POSER UNE QUESTION ?
JE T'ÉCOUTE.
COMMENT T'AS FAIT POUR CRACHER UN GIGA RAYON D'ÉNERGIE PAR LA BOUCHE ?
ÇA NE T'A PAS BOUSILLÉ L'ESTOMAC OU UN TRUC DU GENRE ?
PAS DU TOUT. J'AI TOUT SIMPLEMENT CONCENTRÉ MON ÉNERGIE SUR LE BOUT DE MA LANGUE.
AH OUAIS ? C'EST AUSSI SIMPLE QUE ÇA ? FALLAIT Y PENSER !

COMME CHA ?
BWEE
EUH... NON.
DEPUIS QUAND ILS SONT POTES CES DEUX-LÀ ?
JALOUX ?
POW
POW
JE SAIS QU'ON EST TRÈS MAL PARTIS AVEC LUI...
... MAIS QUAND ON PREND LE TEMPS D'ESSAYER DE LE CONNAÎTRE...
OK
OK
... IL EST PLUTÔT SYMPA.

AH BON ? MÊME TOI TU TE METS À BIEN L'AIMER ? EH BEN !
IL EST BIZARRE ET PARFOIS CARRÉMENT FLIPPANT...
POW
POW
... MAIS AU FOND JE CROIS...
OH ?
BOOM
ARGH !
C'EST QUOI ÇA ?

PARDON ! J'AI PAS FAIT EXPRÈS !
FUIT
J'Y SUIS POUR RIEN !
FUIT
... QUE TOUT CE QU'IL CHERCHE...
... C'EST D'ÊTRE ACCEPTÉ POUR CE QU'IL EST.
FRONCE
MOUAIS...
... EN CE QUI ME CONCERNE, JE ME MÉFIE TOUJOURS AUTANT DE LUI.
ARRÊTEZ TOUT CE QUE VOUS FAITES ET METTEZ-VOUS EN RANG ! ET QUE ÇA SAUTE !
BON ! VOUS AVEZ L'AIR EN FORME ! RAVI DE VOIR QUE LES ÉVÉNEMENTS D'HIER ONT L'AIR DE VOUS MOTIVER.
CEPENDANT, AU RISQUE DE CASSER L'AMBIANCE...
... ACTUELLEMENT VOS CHANCES DE VICTOIRE SONT FAIBLES ! TRÈS FAIBLES MÊME.
QUOI ?

VOUS N'AVEZ PAS L'AIR DE ME CROIRE... BIEN !
LOKH, D'APRÈS TOI, QUI EST LE PLUS FORT DE NOTRE ÉQUIPE ?
HM... ACTUELLEMENT...
JE DIRAIS DIEGO !
TSS !
WHISH
HM... J'AURAIS DIT PAREIL.
MAIS C'EST QU'IL EST TOUT FLATTÉ ! BIEN JOUÉ DIEGO ! HA HA !
POC
GLADYS, TU AS AFFRONTÉ DEUX MEMBRES DE L'ÉQUIPE DES SLASHERS. ENTRE EUX ET DIEGO, QUI GAGNERAIT SELON TOI ?
TRANCHEUR ET DÉPECEUR N'ÉTAIENT PAS À FOND ...
... MAIS JE PENSE QU'INDIVIDUELLEMENT... CHACUN D'EUX BATTRAIT DIEGO, ET PROBABLEMENT ASSEZ FACILEMENT.
ET L'AUTRE, LÀ... CÉDRIC, C'EST ÇA ? IL A UN TRÈS BON NIVEAU AUSSI, C'EST DOMMAGE QU'ON NE L'AIT PAS GARDÉ CHEZ NOUS.
MAIS DE CE QUE J'AI VU, LE PLUS DANGEREUX...

... C'ÉTAIT TORTURE !
IL OU ELLE ÉTAIT D'UN TOUT AUTRE NIVEAU.
HONNÊTEMENT, MÊME MOI J'AURAIS SANS DOUTE DU MAL À GAGNER.
QUOI ?
CARRÉMENT ?
KALIGAN, T'EN AS AFFRONTÉ DEUX TOI AUSSI. T'EN PENSES QUOI ?
HMM...
À MES YEUX VOUS ÊTES TOUS DES FAIBLARDS. PARCE QUE JE SUIS TROP FORT. OUAIS.
FWUMP!
MAIS J'AI ASSISTÉ À UN COMBAT DE CÉDRIC ET JE SUIS FORCÉ DE RECONNAÎTRE QUE LOKH A RAISON. IL SE DÉBROUILLE TRÈS BIEN...
... JE REGRETTERAIS PRESQUE DE L'AVOIR JETÉ !
MAIS JE SAIS QUE VOUS ÊTES TOUS CAPABLES DE DEVENIR BIEN PLUS FORTS QUE LUI ET N'IMPORTE QUEL GARS DE SON ÉQUIPE !

MAIS LE TEMPS NOUS MANQUE.
ALORS ON VA DEVOIR PASSER À LA VITESSE SUPÉRIEURE !
VOUS ALLEZ QUITTER LE DÔME POUR PARTIR EN CAMP D'ENTRAÎNEMENT INTENSIF !
BA BAM

HEIN ? UN CAMP D'ENTRAÎNEMENT ?
ÇA NOUS FERA CHANGER D'AIR !
JE NE VAIS PAS POUVOIR VOIR NAYA...
V'LÀ AUTRE CHOSE.
ALLEZ PRÉPARER VOS AFFAIRES, VOUS PARTEZ DE SUITE !
JE ME DEMANDE BIEN CE QUE SERA CET ENTRAÎNEMENT SPÉCIAL. J'AI HÂTE D'Y ÊTRE !

DOOONG~
MAIS...
VWOOM
... POURQUOI ILS PARTENT SANS MOI ?
CLICK
GAMIN, T'AS OUBLIÉ QUE T'ES EN CONVALESCENCE ?
EUH, NON, MAIS...
FSSH
TU VEUX SAVOIR OÙ ILS VONT ? C'EST ÇA ?
EUH, OUI, MAIS...
BONJOUR COMBATTANTS. BIENVENUE DANS L'ARÈNE DES CATACOMBES.

VOUS ÊTES ARRIVÉS AU NIVEAU - 30. AMUSEZ-VOUS BIEN !
WAAA
WAAA
C'EST QUOI CET ENDROIT ?
C'EST ICI QUE GABRIEL EST VENU L'ANNÉE DERNIÈRE ?
NE LAMBINEZ PAS ! AVANCEZ !
QUAND ON NOUS A DIT « CAMP D'ENTRAÎNEMENT », JE M'ATTENDAIS À PARTIR À LA MER OU À LA MONTAGNE...
UGH
LÀ ON EST SOUS TERRE, C'EST NUL !
METTEZ-VOUS EN TENUE DE COMBAT.

JE NE M'ATTENDAIS PAS À UNE ARÈNE AUSSI GRANDE SOUS TERRE.
BZZT
C'EST POUR QUOI FAIRE LES COLLIERS ?
VOUS ALLEZ BIENTÔT LE SAVOIR, ÇA FAIT PARTIE DE L'ENTRAÎNEMENT.
ON VA RIGOLER !
TENEZ-VOUS PRÊTS, ON COMMENCE TOUT DE SUITE !
CRIIIIII
PUTAIN ! C'EST UNE BLAGUE !
HEIN ?!
C'EST PAS VRAI !
D'APRÈS KALIGAN, ÇA DEVRAIT VOUS RAPPELER DE BONS SOUVENIRS.
GRAAHH
UNE HORDE DE LINIDIENS ENRAGÉS ! OBJECTIF DE L'ENTRAÎNEMENT : SURVIVRE !

C'EST RIDICULE ! ILS ÉTAIENT DÉJÀ FACILES À TUER À L'ÉPOQUE, ALORS AUJOURD'HUI ÇA VA ÊTRE DU GÂTEAU !
TAC
CLANG !
QUOI ?
WHOOSH

PAF !
C'EST QUOI CE BORDEL ?!
SRRRK
TAP
EH OUI ! CE NE SONT PAS DES LINIDIENS ORDINAIRES ! ILS SONT CAPABLES D'ENTRER EN RÉSONANCE.
TAP
ET VOUS SAVEZ LE PLUS DRÔLE ?
TAP
BORDEL ! ILS VONT VOIR !

BZZZT
KÉVIN ! QU'EST-CE QUI T'ARRIVE ?
?!
VOUS, VOUS ALLEZ DEVOIR VOUS BATTRE SANS VOTRE RÉSONANCE ! C'EST MARRANT, NON ?

CHAPITRE
56

QUELQUE PART DANS LA MER SUD D'ARENA.
BZZZT
ZAAA
UN PORTAIL ? JE CROYAIS QUE C'ÉTAIT HORS DE PRIX !
ÇA L'EST ! MAIS LA NAVETTE EST DÉJÀ PARTIE ET NOUS SOMMES PRESSÉS.
OÙ SOMMES-NOUS ?
NOUS SOMMES AU CENTRE BAPHORA, UN CENTRE DE RÉCUPÉRATION RÉSERVÉ À L'ÉLITE, COMBATTANT OU NON.
TAP
TAP
TAP

C'EST ICI QUE LES GENS VIENNENT LORSQUE LA TECHNOLOGIE MÉDICALE DE L'ARÈNE N'EST PAS SUFFISANTE.
« PAS SUFFISANTE » ? ILS PEUVENT FAIRE REPOUSSEZ LES MEMBRES ET LES ORGANES EN QUELQUES MINUTES. ON PEUT ÊTRE PLUS EFFICACE QUE ÇA ?
C'EST AUSSI UN LIEU DE REPOS TRÈS PRISÉ QUI PROPOSE TOUT UN TAS DE SERVICES À TOUS CEUX QUI VEULENT RÉCUPÉRER ET PROFITER ENTRE DEUX COMBATS DANS L'ARÈNE.
BLABLA
BLABLA
AH ! TE VOILÀ !
HÉLAS, TU N'ES PAS LÀ POUR PRENDRE UN BAIN DE SOLEIL.
TAP
OSLO ! COMMENT TU VAS, VIEUX ?
HM... SALUTATIONS, KALIGAN.

GABRIEL, JE TE PRÉSENTE LE DOCTEUR OSLO !
POF
POF
BONJOUR MONSIEUR.
HM...
HMMMM...
EUH...
POURQUOI IL M'A REGARDÉ COMME ÇA ?
SUIVEZ-MOI !
T'INQUIÈTE !

PRENEZ UN SIÈGE.
GRMBL
GRML
BIP
BIEN ! GABRIEL, LORS DE TON DERNIER COMBAT, TU AS ENCAISSÉ DES ATTAQUES QUI T'ONT TOUCHÉ À UN NIVEAU INTRACELLULAIRE.

LES AIGUILLES D'ÉNERGIE LANCÉES PAR TON ADVERSAIRE ÉTAIENT EN RÉALITÉ CONSTITUÉES DE MILLIERS D'AIGUILLES MICROSCOPIQUES...
... ET CHAQUE FOIS QUE TU AS ÉTÉ TOUCHÉ, UNE PARTIE DE CES AIGUILLES SE SONT IMPLANTÉES DANS TON ORGANISME.
CE GENRE DE TECHNIQUE DEMANDE UNE TRÈS GRANDE MAÎTRISE DE LA RÉSONANCE, TON ADVERSAIRE ÉTAIT TRÈS FORT.
JE TE FÉLICITE DE L'AVOIR VAINCU.
EUH... MERCI. MAIS... J'AI UNE QUESTION...
TU TE DEMANDES POURQUOI FENG N'A PAS UTILISÉ SES AIGUILLES MICROSCOPIQUES POUR TE DÉCHIRER DE L'INTÉRIEUR ?
OUI.
LORS DE TON DERNIER ASSAUT, TU AS CONCENTRÉ TA RÉSONANCE À L'INTÉRIEUR DE TON CORPS, AINSI LA PLUPART DES AIGUILLES ONT ÉTÉ BLOQUÉES NET.
FWOO
TU AS SACRIFIÉ TES MEMBRES POUR RENFORCER TES ORGANES VITAUX.
LE SOUCI, C'EST QUE TON SYSTÈME NERVEUX LUI AUSSI A ÉTÉ TRÈS ENDOMMAGÉ.

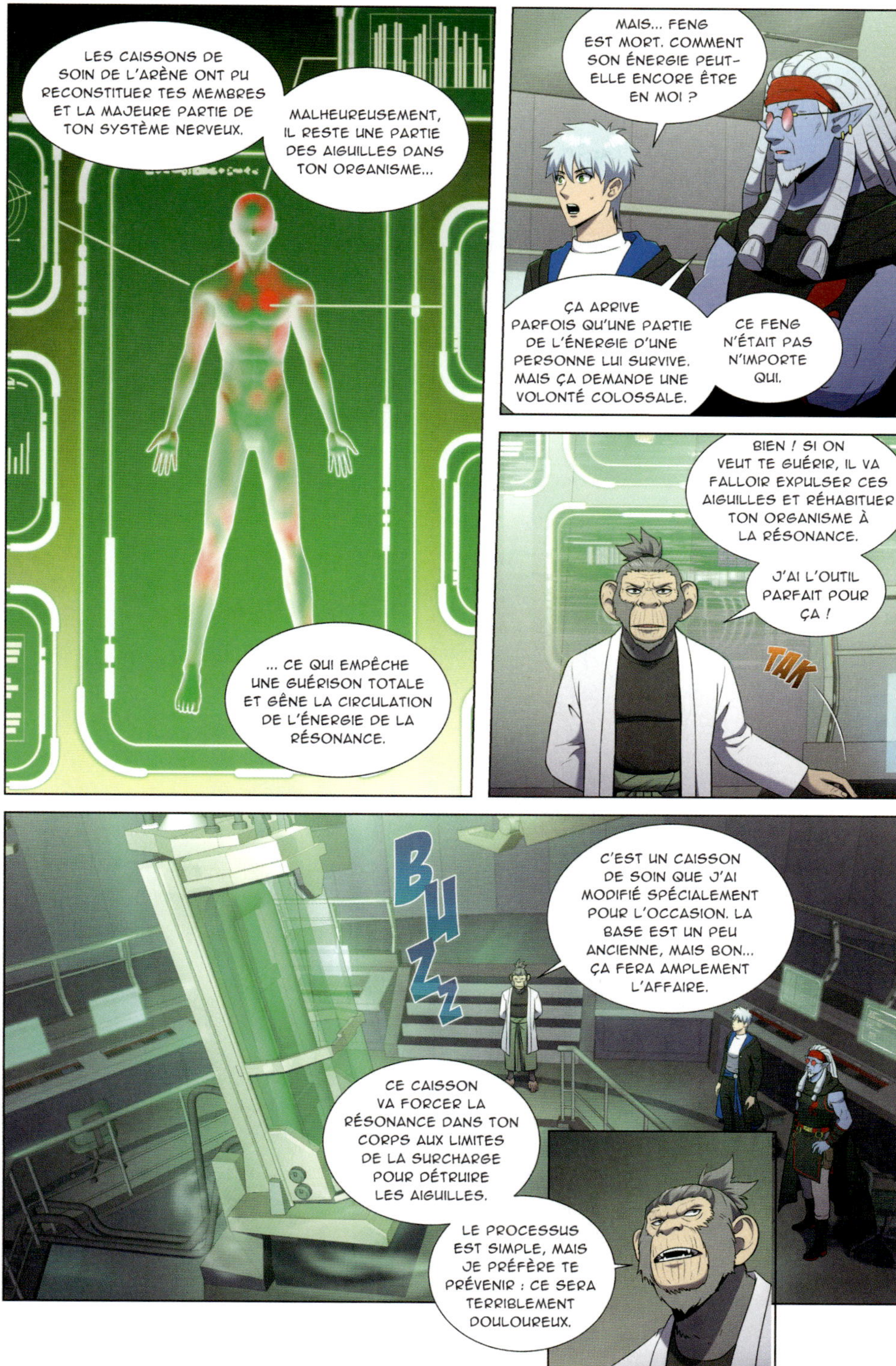
LES CAISSONS DE SOIN DE L'ARÈNE ONT PU RECONSTITUER TES MEMBRES ET LA MAJEURE PARTIE DE TON SYSTÈME NERVEUX.
MALHEUREUSEMENT, IL RESTE UNE PARTIE DES AIGUILLES DANS TON ORGANISME...
... CE QUI EMPÊCHE UNE GUÉRISON TOTALE ET GÊNE LA CIRCULATION DE L'ÉNERGIE DE LA RÉSONANCE.
MAIS... FENG EST MORT. COMMENT SON ÉNERGIE PEUT-ELLE ENCORE ÊTRE EN MOI ?
ÇA ARRIVE PARFOIS QU'UNE PARTIE DE L'ÉNERGIE D'UNE PERSONNE LUI SURVIVE. MAIS ÇA DEMANDE UNE VOLONTÉ COLOSSALE.
CE FENG N'ÉTAIT PAS N'IMPORTE QUI.
BIEN ! SI ON VEUT TE GUÉRIR, IL VA FALLOIR EXPULSER CES AIGUILLES ET RÉHABITUER TON ORGANISME À LA RÉSONANCE.
J'AI L'OUTIL PARFAIT POUR ÇA !
TAK
BUZZ
C'EST UN CAISSON DE SOIN QUE J'AI MODIFIÉ SPÉCIALEMENT POUR L'OCCASION. LA BASE EST UN PEU ANCIENNE, MAIS BON... ÇA FERA AMPLEMENT L'AFFAIRE.
CE CAISSON VA FORCER LA RÉSONANCE DANS TON CORPS AUX LIMITES DE LA SURCHARGE POUR DÉTRUIRE LES AIGUILLES.
LE PROCESSUS EST SIMPLE, MAIS JE PRÉFÈRE TE PRÉVENIR : CE SERA TERRIBLEMENT DOULOUREUX.

TU RISQUES MÊME DE MOURIR EN COURS DE ROUTE.
TU VEUX VRAIMENT LE FAIRE ?
BO- BOM

SACHE QUE TU N'Y ES PAS OBLIGÉ, GABRIEL.

NE SOIS PAS RIDICULE, KALIGAN.
JOUER MA VIE ICI OU DANS L'ARÈNE, QUELLE DIFFÉRENCE ?
TAP
TAP

CLACK
C'EST BON, TOUT EST EN PLACE DE TON CÔTÉ.
KALIGAN, METS-TOI EN PLACE.
QUOI ? POUR QUOI FAIRE ?
J'AI BESOIN DE TA RÉSONANCE POUR LANCER LA MACHINE.
AH BON ? ET Y EN A POUR LONGTEMPS ? J'AI DES RENDEZ-VOUS, MOI !
LE PREMIER CYCLE DEVRAIT DURER 3 HEURES.
HEIN ?
NE T'INQUIÈTE PAS ! JE PRENDRAI LE RELAIS PAR LA SUITE. POUR LE MOMENT, IL FAUT QUE JE RESTE ICI POUR CALIBRER LA MACHINE.
BON, OK.
GABRIEL, COMMENT TU TE SENS POUR LE MOMENT ?
ÇA VA.
KALIGAN VA ENVOYER DE L'ÉNERGIE PROGRESSIVEMENT, ESSAIE DE TE DÉTENDRE, LAISSE BIEN L'ÉNERGIE CIRCULER.
SI TU AS BESOIN DE HURLER, NE TE RETIENS SURTOUT PAS.
PRESS

WHOOOSH
VAS-Y KALIGAN !
BONNE CHANCE GAMIN.
FLASH
OH ?
POUR L'INSTANT ÇA VA...
KRRKK

AAAARGH!

LA FOSSE, QG
DES SLASHERS.
BANDE DE SALES PETITS BRANLEURS !!
JE VAIS VOUS METTRE LA RACLÉE DE VOS VIES !
MAIS ON NE S'EST QU'UN PEU EMPORTÉS, Y A PAS EU MORT D'HOMMES !
ON VOULAIT JUSTE PLAISANTER ! ET PUIS C'ÉTAIT L'IDÉE DE FAUCHEUR !
QUOI ? C'EST MÊME PAS VRAI ! ESPÈCE DE BALANCE !
SILENCE !

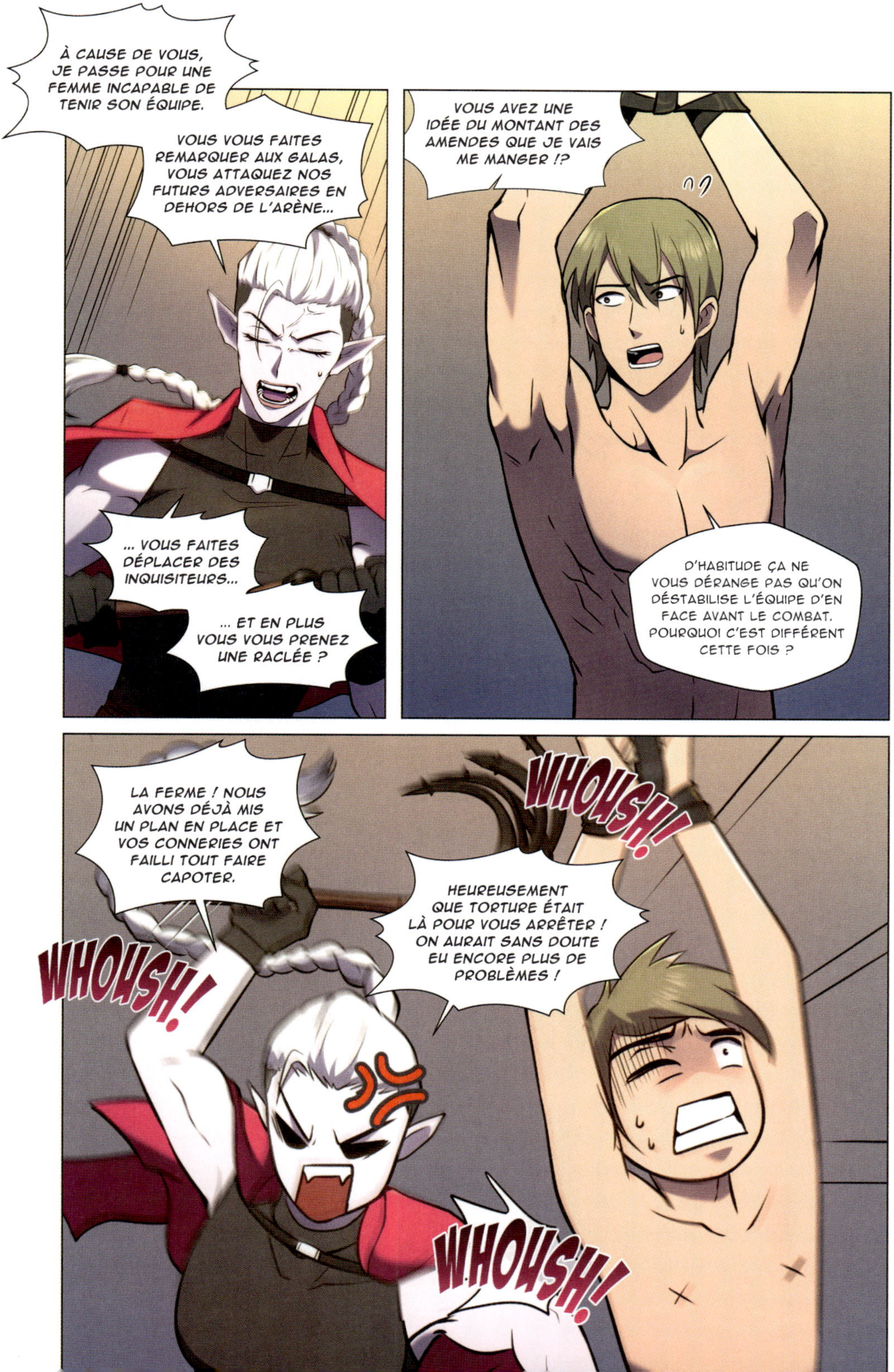
À CAUSE DE VOUS, JE PASSE POUR UNE FEMME INCAPABLE DE TENIR SON ÉQUIPE.
VOUS VOUS FAITES REMARQUER AUX GALAS, VOUS ATTAQUEZ NOS FUTURS ADVERSAIRES EN DEHORS DE L'ARÈNE...
... VOUS FAITES DÉPLACER DES INQUISITEURS...
... ET EN PLUS VOUS VOUS PRENEZ UNE RACLÉE ?
VOUS AVEZ UNE IDÉE DU MONTANT DES AMENDES QUE JE VAIS ME MANGER !?
D'HABITUDE ÇA NE VOUS DÉRANGE PAS QU'ON DÉSTABILISE L'ÉQUIPE D'EN FACE AVANT LE COMBAT. POURQUOI C'EST DIFFÉRENT CETTE FOIS ?
LA FERME ! NOUS AVONS DÉJÀ MIS UN PLAN EN PLACE ET VOS CONNERIES ONT FAILLI TOUT FAIRE CAPOTER.
WHOUSH!
HEUREUSEMENT QUE TORTURE ÉTAIT LÀ POUR VOUS ARRÊTER ! ON AURAIT SANS DOUTE EU ENCORE PLUS DE PROBLÈMES !
WHOUSH!
WHOUSH!

ET POURQUOI IL N'Y A QUE NOUS SUR CES POTEAUX ? BROYEUR ÉTAIT LÀ LUI AUSSI !
LA FERME ! JE SAIS TRÈS BIEN QUE MON BÉBÉ EST INNOCENT ! C'EST VOUS QUI L'AVEZ FORCÉ !
WHOUSH !
MAINTENANT JE SUIS OBLIGÉE DE PRÉSENTER DES EXCUSES OFFICIELLES ! JE VAIS VOUS MARTYRISER, BANDE DE CHIENS !
TENEZ !
WHOUSH !
ET ENCORE !
WHOUSH !
SALOPERIES !
WHOUSH !
ARGH !
WHOUSH !
AÏE ! NON !
PITIÉ !
PARDON !

DASH
BORDEL !
SHLACK
C... C'ÉTAIT LE DERNIER !
HAA...
B... BIEN JOUÉ !
J'EN PEUX PLUS... JE CROIS QUE JE VAIS VOMIR...
HAA...
JE MEURS DE FAIM !
HAA...
UN BAIN ! PAR PITIÉ !
C'EST PAS TROP TÔT ! ILS ONT MIS COMBIEN DE TEMPS ?
4 HEURES 26 MINUTES ET 44 SECONDES.
LAMENTABLE.
VOUS ÊTES TOUS VIVANTS ? FÉLICITATIONS ! VOUS DEVEZ ÊTRE EXTÉNUÉS...

... VOUS AVEZ MÉRITÉ UN BON GROS REPAS !
WAH~
ET VOUS DEVEZ AVOIR HÂTE DE VOUS PRÉLASSER DANS UN BON BAIN CHAUD !
HÉLAS...
DOOONG
J'EN ÉTAIS SÛR !
AVANT ÇA IL VA FALLOIR SURVIVRE À LA DEUXIÈME VAGUE ! BONNE CHANCE !
GRAAAH
GABRIEL A DE LA CHANCE D'ÉCHAPPER À TOUT ÇA !
IL DOIT SÛREMENT SE LA COULER DOUCE EN CE MOMENT !

ALORS ?
CE PREMIER CYCLE A ÉTÉ EFFICACE, MAIS J'AI BIEN PEUR QU'IL SOIT ENCORE INSUFFISANT. DEUX OU TROIS DE PLUS SANS DOUTE SERONT NÉCESSAIRES.
IL TIENDRA LE COUP ?
JE L'ESPÈRE.
TREMBLE

CHAPITRE
57

ARENA

KABOOM
WHOOSH
TU CROYAIS VRAIMENT M'AVOIR AVEC ÇA ? HEIN ?

TU ES OBLIGÉE DE HURLER TOUT LE TEMPS ? C'EST FATIGANT.
SSHHH
C'EST TOUT CE QUE T'AS , HILDA !
RAISON DE PLUS POUR CONTINUER DE HURLER !
WHOOSH
CLASH
CLANG
WHOOSH

SON ADVERSAIRE EST TRÈS CORIACE ! J'ESPÈRE QUE TOUT IRA BIEN POUR HILDA !
NE SOIS PAS STUPIDE, TORN... C'EST GAGNÉ D'AVANCE.
ELLE Y VA MOLLO PARCE QUE LE MATCH EST DÉJÀ GAGNÉ POUR NOTRE ÉQUIPE. HÂTE D'ÊTRE ENFIN EN LIGUE S ! ON VA S'ÉCLATER !
À TA PLACE, KALIGAN, JE NE SERAIS PAS AUSSI ENTHOUSIASTE !
TAP
ARRIVER EN LIGUE S EST UNE CHOSE, Y SURVIVRE EN EST UNE AUTRE !
TAP
VOUS AVEZ SANS DOUTE RAISON, MAÎTRE OSLO, VEUILLEZ EXCUSER MON FRÈRE POUR SA LÉGÈRETÉ.
OUAIS, ENFIN, IL NOUS A DIT ÇA À CHAQUE FOIS QU'ON A CHANGÉ DE LIGUE, ET JUSQU'À PRÉSENT ON A TOUT DÉCHIRÉ !
ET PUIS ON PEUT ÊTRE CONFIANTS, NOUS AVONS LE MEILLEUR ENTRAÎNEUR DE TOUT ARENA POUR NOUS RENDRE PLUS FORTS ! HEIN, VIEUX BABOUIN ?
POF
POF
HMM.
AÏE...
VOTRE SPONSOR TIENT À VOUS FÉLICITER, IL ORGANISE UNE SOIRÉE EN VOTRE HONNEUR DÈS CE SOIR... SOYEZ PRÉSENTABLES.

PIOU
PIOU
PIOU
TAK
TAK
TAK
TU SAIS... JE T'ADMIRE BEAUCOUP !
QUOI ? NE ME PRENDS PAS DE HAUT !
JE SUIS SINCÈRE.
TU ES LA DERNIÈRE COMBATTANTE DE TON ÉQUIPE. QUOI QU'IL ARRIVE, VOUS AVEZ PERDU ET C'EST NOUS QUI IRONS EN LIGUE S.
BOMP

ET POURTANT TU TE DONNES À FOND, ANIMÉE PAR LA VOLONTÉ DE GAGNER.
!
QU'EST-CE QUE TU ME CHANTES ?
ÉVIDEMMENT QUE JE ME DONNE À FOND !
T'AS CRU QUE PARCE QUE LE MATCH ÉTAIT PERDU J'ALLAIS ME LAISSER TUER TRANQUILLEMENT ?
JE NE PARLE PAS DE ÇA ET TU LE SAIS TRÈS BIEN.
...
J'AURAIS AIMÉ T'AVOIR DANS NOTRE ÉQUIPE !

QUOI ?
C'ÉTAIT UN BEAU COMBAT.
FLASH
BOOM
FWIP
IL FAUDRA QU'ON REMETTE ÇA UN DE CES JOURS !

MADAME... VOTRE CONVIVE EST LÀ.
BIEN ! FAIS-LE RENTRER S'IL TE PLAÎT, EROS.
VOICI MONSIEUR KALIGAN DE KALIGAN CORP, SPONSOR DES 666.
TAP
TAP
SALUT, SALUT...
SALUTATIONS KALIGAN, RAVIE DE TE REVOIR ! MERCI D'AVOIR ACCEPTÉ DE VENIR !

WOW...
EH BEN ! POUR L'INSTANT, JE NE REGRETTE PAS D'ÊTRE VENU !
ATTENDEZ... ON... ON SE CONNAÎT ?
PO-POM PO-POM
HA HA ! JE ME DOUTAIS QUE TU NE TE SOUVIENDRAIS PAS DE MOI ! APRÈS TOUT, C'ÉTAIT IL Y A TRÈS TRÈS LONGTEMPS !
AH... À CE POINT-LÀ ?
NOS ÉQUIPES SE SONT AFFRONTÉES AUX PORTES DE LA LIGUE S À L'ÉPOQUE.
AH... SI LOIN QUE ÇA ?
OH BON SANG ! MAIS OUI ! LES SLASHERS ! COMMENT J'AI PU OUBLIER !
AH
HU HU ! OUI, J'AI REPRIS LE NOM DE MON ANCIENNE ÉQUIPE.

VOUS NOUS AVIEZ MIS UNE SACRÉE RACLÉE D'AILLEURS ! JE SUIS LA SEULE À AVOIR SURVÉCU !
SANS DÉCONNER ? EUH... JE NE SAIS PAS TROP QUOI DIRE DU COUP... PARDON ?
HA HA ! T'INQUIÈTE ! C'EST DE L'HISTOIRE ANCIENNE ! ET PUIS C'EST COMME ÇA, L'ARÈNE ! JE NE T'EN VEUX PAS LE MOINS DU MONDE !
J'AI AFFRONTÉ HILDA ! C'EST GRÂCE À SA CLÉMENCE QUE JE SUIS ENCORE LÀ AUJOURD'HUI.
APRÈS NOTRE COMBAT, JE L'AI TOUJOURS ADMIRÉE...
... C'ÉTAIT UNE VRAIE SOURCE D'INSPIRATION POUR BEAUCOUP DE COMBATTANTS DE L'ÉPOQUE. J'AURAIS TOUT DONNÉ POUR L'AFFRONTER DE NOUVEAU EN LIGUE S...
HÉLAS, LE TEMPS QUE J'Y ARRIVE À MON TOUR, HILDA ÉTAIT MORTE ET VOTRE ÉQUIPE S'ÉTAIT DISSOUTE... JE SUIS ALLÉE PLUSIEURS FOIS VOIR SA STATUE DANS LA TOUR.
HM... C'EST GENTIL.
ON N'EN FAIT PLUS DES COMBATTANTS DE SA TREMPE DE NOS JOURS ! À L'ÉPOQUE, NOUS AVIONS UN PEU DE CLASSE !
CEUX D'AUJOURD'HUI SONT COMPLÈTEMENT STUPIDES, ILS FONT N'IMPORTE QUOI !
BAM!

J'ÉTAIS MORTE DE HONTE LORSQUE J'AI APPRIS CE QU'AVAIENT FAIT LES MEMBRES DE MON ÉQUIPE ! OSER S'EN PRENDRE À TON PERSONNEL ET TES COMBATTANT HORS DE L'ARÈNE PAR SURPRISE !
C'EST INQUALIFIABLE ! JE TE DEMANDE PARDON ET, NE T'INQUIÈTE PAS, JE ME SUIS OCCUPÉE DE LEUR CAS, À CES CAFARDS !
HA HA ! IL FAUT BIEN QUE JEUNESSE SE PASSE, COMME ON DIT. IL N'Y A PAS EU DE GROS DÉGÂTS. EXCUSES ACCEPTÉES.
JE SAVAIS QUE T'ÉTAIS UN TYPE BIEN !
PUIS-JE PRENDRE VOTRE COMMANDE ?
HM ! HM ! KALIGAN...
MAINTENANT QUE NOUS SOMMES RÉCONCILIÉS, JE PROPOSE QU'ON SE PRENNE UNE ÉNORME CAISSE ET QU'ON MANGE COMME DES GORETS JUSQU'À N'EN PLUS POUVOIR.
T'ES CHAUD ?
ET COMMENT !
C'EST LE DÉBUT D'UNE BELLE AMITIÉ !
CLACK !

ET TU TE SOUVIENS DE LA FOIS OÙ UN MEC BIZARRE EST APPARU AU MILIEU D'UNE ARÈNE ET A ÉCLATÉ TOUT LE MONDE...
... SPEAKER COMPRIS, AVEC UNE LOUCHE ?
AH OUAIS ! C'ÉTAIT PAS UNE SPATULE ?
PEU IMPORTE. LE BRUIT QUE ÇA AVAIT FAIT À L'ÉPOQUE !
LE GARS A DISPARU AUSSI SEC APRÈS ÇA, ET ON N'A JAMAIS SU D'OÙ IL VENAIT NI CE QU'IL ÉTAIT VENU FOUTRE ICI !
C'ÉTAIT VRAIMENT UNE ÉPOQUE DE DINGUE !

L'ÈRE DES PRODIGES QU'ON DISAIT... ET AUJOURD'HUI ? QU'EST-CE QUE C'EST DEVENU ?
J'EN SAIS RIEN MAIS À MON AVIS... Y A PLUS GRAND-CHOSE DE PRODIGIEUX. IL Y A QUELQUES EXCEPTIONS, MAIS LE NIVEAU A CLAIREMENT BAISSÉ...
ET ILS COMMENCENT À S'EN RENDRE COMPTE LÀ-HAUT.
CHEZ LES PRÊTRES TU VEUX DIRE ?
IL SE TRAME QUELQUE CHOSE À GRANDE ÉCHELLE, J'EN SUIS SÛR.
AH, T'AS DES INFOS ?
HM NON... C'EST CE QUE MON INSTINCT ME DIT... ET IL SE TROMPE RAREMENT.
HI HI
BWAH HA HA ! T'ES UN SACRÉ NUMÉRO, KALIGAN ! HA !

KALIGAN...
... SI HILDA ÉTAIT TOUJOURS EN VIE AUJOURD'HUI... TU CROIS QUE JE POURRAIS LA BATTRE ? QUE TE DIT TON INSTINCT À CE SUJET ?
SOIS HONNÊTE.
HONNÊTEMENT ? QUE CE SOIT TOI, MOI OU MÊME HÉRACLÈS... ON N'AURAIT PROBABLEMENT AUCUNE CHANCE CONTRE ELLE.
HILDA ÉTAIT VRAIMENT À PART...
L'ÈRE DES PRODIGES...
... C'ÉTAIT LA SIENNE.
HM... MERCI DE TA FRANCHISE.
Y A PAS DE QUOI. ET PUISQU'ON PARLE DE FRANCHISE, À MON TOUR DE TE POSER UNE QUESTION.
TOUT CE QUE TU VEUX.
COMMENT TU T'Y ES PRISE POUR ESPIONNER LE DÔME ?
POURQUOI IL FAUT QUE TU CASSES L'AMBIANCE ?

CHAPITRE
58

COMMENT TU T'Y ES PRISE POUR ESPIONNER LE DÔME ?
POURQUOI IL FAUT QUE TU CASSES L'AMBIANCE ?
QU'EST-CE QUI TE FAIT PENSER QUE J'AI ESPIONNÉ QUOI QUE CE SOIT ?

CÉDRIC... FAUCHEUR...
IL DÉTENAIT DES INFORMATIONS CONFIDENTIELLES SUR DES MEMBRES DE MON ÉQUIPE.
BAH ÉVIDEMMENT ! ILS VIENNENT DE LA MÊME PLANÈTE ET ÉTAIENT DANS LA MÊME ÉQUIPE DURANT LA SÉLECTION.
PFFF
IL DOIT SAVOIR UN TAS DE CHOSES SUR EUX QUE TOI-MÊME TU IGNORES ! PAS BESOIN D'ESPIONNAGE POUR ÇA !
BON... TRÈS BIEN. GARDE TES PETITES COMBINES SECRÈTES...
... ÇA NE CHANGERA PAS GRAND-CHOSE LORS DE NOTRE AFFRONTEMENT.
J'IMAGINE QUE LE MOMENT DE DÉTENTE EST FINI ET QU'IL EST TEMPS DE PARLER BUSINESS !
EXACT. TU PROPOSES QUOI ?
VU LES ERREMENTS DE MON ÉQUIPE, JE TE LAISSE FAIRE TA PROPOSITION EN PREMIER. C'EST LA MOINDRE DES CHOSES.

BATTLE ROYALE.
VENDU !
BIEN ! ET JUSTE UN PETIT CONSEIL. ASSURE-TOI QUE LES SIX VIENNENT CETTE FOIS. MERCI POUR LA SOIRÉE.
CIAO !
MADAME, VOTRE NAVETTE VOUS ATTEND, SI VOUS VOULEZ RENTRER.
OH.
ROUGIT
QUEL HOMME, CE KALIGAN !
J'ENVIE ENCORE PLUS HILDA ! J'AI HÂTE DE LE REVOIR !

YAARRGH !
WHOOSH
CRASH
HAA...
HAA...
C'É... C'ÉTAIT LE DERNIER !
BIEN ! VOUS AVEZ ENFIN TERMINÉ ! ÇA FAIT COMBIEN DE TEMPS ?
TAP
TAP
13 VAGUES EN 74 HEURES.
ALORS ÇA Y EST ? ON PEUT SE REPOSER ? MANGER ?

OUI, NE VOUS INQUIÉTEZ PAS. LES DROÏDES VONT VOUS RETAPER ET ENSUITE VOUS PRENDREZ UN PEU DE REPOS.
BIP
BIP
MAIS AVANT ON VA VOUS EXPLIQUER LES OBJECTIFS DE CET ENTRAÎNEMENT.
GLADYS ?
LE BUT DE CET ENTRAÎNEMENT EST, DANS UN PREMIER TEMPS...
... D'AUGMENTER VOTRE ENDURANCE PHYSIQUE, D'AMÉLIORER VOTRE TECHNIQUE DE COMBAT ET, BIEN ÉVIDEMMENT, DE TRAVAILLER VOTRE COHÉSION D'ÉQUIPE AU COMBAT.
ET VOUS ÉTIEZ OBLIGÉS DE NOUS METTRE CES INSTRUMENTS DE TORTURE AUTOUR DU COU POUR ÇA ?
CES TRUCS NOUS ONT PLUS BLESSÉS QUE LES SALES BESTIOLES QUE VOUS NOUS AVEZ ENVOYÉES !
J'Y VIENS. NOUS VOUS AVONS INSTALLÉ CES LIMITEURS POUR DEUX RAISONS.
SI ON VOUS AVAIT LAISSÉ UTILISER VOTRE RÉSONANCE, VOUS AURIEZ ÉLIMINÉ LES VAGUES SANS DIFFICULTÉ...
... ET L'ENTRAÎNEMENT AURAIT ÉTÉ PARFAITEMENT INUTILE D'UN POINT DE VUE ENDURANCE ET TECHNIQUE.
LA SECONDE RAISON ÉTAIT DE TESTER VOTRE MAÎTRISE DE LA RÉSONANCE !
PFFF
ET VOUS AVEZ LAMENTABLEMENT ÉCHOUÉ !

QUOI ? MAIS ÇA N'A AUCUN SENS !
VOUS NOUS EMPÊCHEZ D'UTILISER LA RÉSONANCE PUIS VOUS NOUS REPROCHEZ DE NE PAS SAVOIR NOUS EN SERVIR !
C'EST N'IMPORTE QUOI !
FERMEZ-LA ! JE NE VEUX PLUS VOUS ENTENDRE !
MERCI. LOKH, TU VEUX BIEN LEUR FAIRE UNE DÉMO ?
PAS DE SOUCIS. HOP !
CLACK
VOUUM

HEIN ? COMMENT C'EST POSSIBLE ?
WOUSH
À VOTRE AVIS ? POURQUOI J'ARRIVE À FAIRE ÇA ET PAS VOUS ?
LIMITEUR...
QUOI ?
CE SONT DES LIMITEURS... PAS DES SUPPRESSEURS !
POUF !
OH ! POUR UNE FOIS, TU ES LE MOINS BÊTE DE LA BANDE !
LES LIMITEURS RÉAGISSENT À L'INTENSITÉ DE VOTRE AURA INTERNE.
LOKH MAÎTRISE SUFFISAMMENT SON AURA POUR RÉDUIRE SON INTENSITÉ INTERNE, LA FAIRE SORTIR ET LA RASSEMBLER UNE FOIS À L'EXTÉRIEUR.
LES VÔTRES SONT RÉGLÉS À 60%.

SI VOUS AVIEZ ÉTÉ UN PEU PLUS DÉGOURDIS, VOUS L'AURIEZ DÉCOUVERT PAR VOUS-MÊMES.
ÇA MARCHE ! ON AURAIT PU FINIR BIEN PLUS VITE ! JE ME SENS TELLEMENT BÊTE !
POUR GAGNER EN PUISSANCE, VOUS DEVEZ APPRENDRE À CONTENIR ET MAÎTRISER VOTRE AURA.
VOS ADVERSAIRES AURONT DU MAL À ESTIMER VOTRE PUISSANCE ET À ANTICIPER VOS ATTAQUES. CE SERA L'OBJET DU PROCHAIN ENTRAÎNEMENT.
VOS LIMITEURS SERONT RÉGLÉS SUR 95%.
AU SECOURS !
AAAAA!

HAAAA... ÇA FAIT DU BIEN !
BIP
BIP
OH ?
BONJOUR PATRON... OH... JE TOMBE MAL ? VOUS VOULEZ QUE JE RAPPELLE PLUS TARD ?
ROOH, COMME SI TU M'AVAIS PAS DÉJÀ VU DANS DES POSTURES MOINS À MON AVANTAGE ! JE T'ÉCOUTE.
L'ENTRAÎNEMENT SE PASSE BIEN. LOKH LES POUSSE À FOND COMME VOUS LUI AVEZ DEMANDÉ. ÇA DEVRAIT PORTER SES FRUITS.
ON LEUR LAISSE UNE JOURNÉE DE REPOS POUR LE MOMENT.
PARFAIT ! ET L'INSPECTION DU DÔME ?
LA TROISIÈME INSPECTION N'A RIEN DONNÉ DE PLUS. AUCUN MICRO, AUCUNE CAMÉRA, AUCUN ADN INCONNU, PAS D'INDICE, RIEN.
J'EN RELANCE UNE QUATRIÈME ?
TAP
TAP
NON, ÇA SUFFIRA. METTONS NOTRE ÉNERGIE AILLEURS.

ET VOTRE RENCONTRE AVEC LA BOSS DES SLASHERS?
HA ! CETTE RASHA EST UN SACRÉ PHÉNOMÈNE ! ON S'EST BIEN AMUSÉS, JE L'AVOUE.
SCROLL
SCROLL
TANT MIEUX POUR VOUS. ET EN CE QUI CONCERNE NOTRE AFFAIRE ?
J'AI EU BEAU LA METTRE DEVANT LE FAIT ACCOMPLI, CETTE SORCIÈRE N'A RIEN VOULU LÂCHER !
BZZT
IL EST POSSIBLE QU'ELLE SOIT RÉELLEMENT INNOCENTE ET QUE NOS SOUPÇONS SOIENT INFONDÉS.
ET CÉDRIC AURAIT TOUT DEVINÉ TOUT SEUL ? NAN, ELLE NOUS L'A MISE À L'ENVERS, RESTE À SAVOIR COMMENT.
TIENS-MOI AU COURANT SI JAMAIS Y A DU NEUF.
PAS DE SOUCIS ! À BIENTÔT.
BLIP
BIP!
OH BAH DÉCIDÉMENT !

PIP
YOOOO ! OSLO ! COMMENT ÇA VA, VIEUX ? JE COMPTAIS PASSER CET APRÈS-MIDI.
COMMENT ÇA SE PASSE AVEC GABRIEL ?
HM... PRENDS UN PORTAIL ET RAMÈNE TON CUL ICI LE PLUS VITE POSSIBLE !
QUOI ? POURQUOI ? Y A UN PROBLÈME ?
NE ME DIS PAS QUE LE GOSSE Y EST PASSÉ ?!
NON... IL EST VIVANT.
D'UNE CERTAINE FAÇON, ON PEUT DIRE QUE LE TRAITEMENT EST UN FRANC SUCCÈS...
BAH ALORS ! DIS-MOI CE QU'IL SE PASSE !

ARRÊTE DE DISCUTER ET RAMÈNE-TOI !
DE TOUTE FAÇON, MÊME SI JE TE LE DISAIS...
BLIP
... TU NE ME CROIRAIS PAS...
FSSH...
... AVANT DE L'AVOIR VU.

CHAPITRE 59

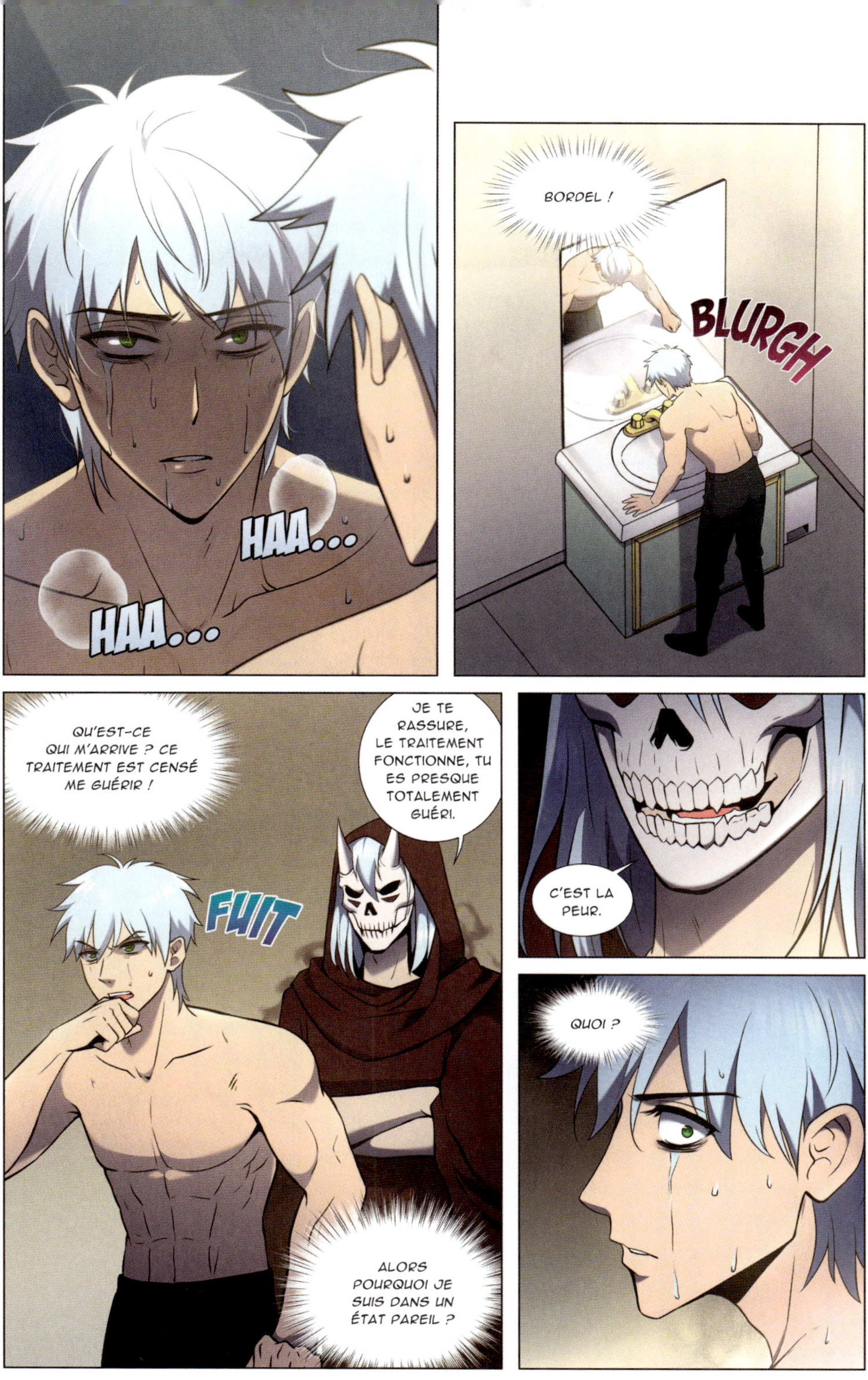
HAA...
HAA...
BORDEL !
BLURGH
QU'EST-CE QUI M'ARRIVE ? CE TRAITEMENT EST CENSÉ ME GUÉRIR !
JE TE RASSURE, LE TRAITEMENT FONCTIONNE, TU ES PRESQUE TOTALEMENT GUÉRI.
FUIT
ALORS POURQUOI JE SUIS DANS UN ÉTAT PAREIL ?
C'EST LA PEUR.
QUOI ?

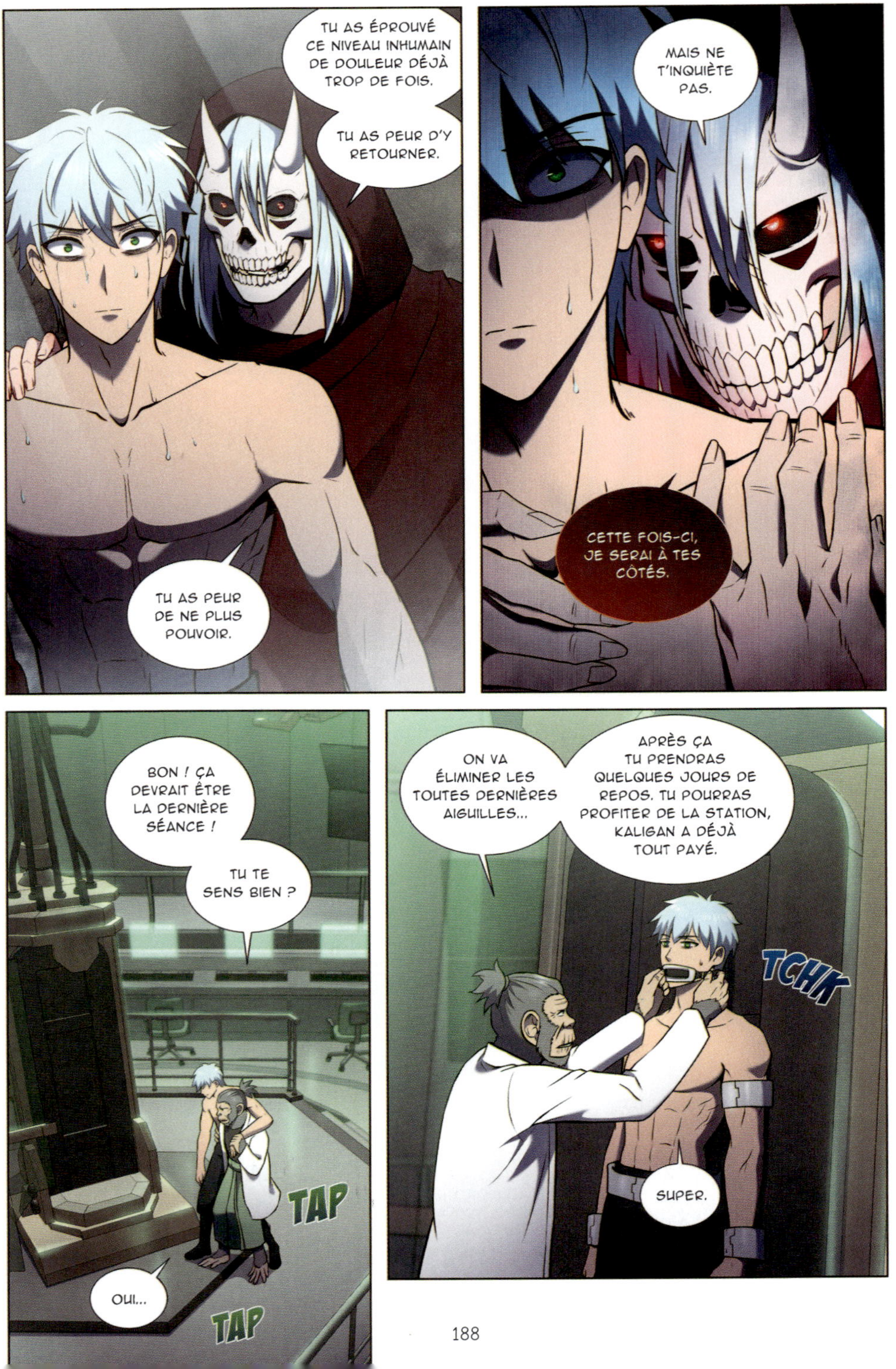
TU AS ÉPROUVÉ CE NIVEAU INHUMAIN DE DOULEUR DÉJÀ TROP DE FOIS.
TU AS PEUR D'Y RETOURNER.
TU AS PEUR DE NE PLUS POUVOIR.
MAIS NE T'INQUIÈTE PAS.
CETTE FOIS-CI, JE SERAI À TES CÔTÉS.
BON ! ÇA DEVRAIT ÊTRE LA DERNIÈRE SÉANCE !
TU TE SENS BIEN ?
TAP
OUI...
TAP
ON VA ÉLIMINER LES TOUTES DERNIÈRES AIGUILLES...
APRÈS ÇA TU PRENDRAS QUELQUES JOURS DE REPOS. TU POURRAS PROFITER DE LA STATION, KALIGAN A DÉJÀ TOUT PAYÉ.
TCHK
SUPER.

ON VA POUVOIR DÉMARRER.
WHOOSH
BEAM

AAAAAARGH!
GRK!
GRK!

COURAGE PETIT !
C'EST ENCORE PIRE QUE LES AUTRES FOIS ! JE N'EN PEUX DÉJÀ PLUS !
HMMPH!
PITIÉ, FAITES QUE ÇA S'ARRÊTE !
WHOOSH
TOUT VA BIEN.

NE LUTTE PAS CONTRE LA DOULEUR.
ACCEPTE-LA, RESSENS-LA...
... SAVOURE-LA.
ABANDONNE-TOI À ELLE !
LAISSE-LA TE CONSUMER !
BRÛLE AVEC ELLE !

BEEP
BEEP
BEEP
HEIN ? QU'EST-CE QU'IL SE PASSE ?
VUUUNG
BZZZT
BZZZT
SON AURA...
... ÇA NE SE PEUT PAS...
VWOOM

FWOOSH
WAH !
BIENVENUE, PERVERS ET SADIQUES !
ÊTES-VOUS PRÊTS POUR VOTRE DOSE DE MASSACRE QUOTIDI...
HM...?

CLANG!
CLANG!
CLANG!
CLASH
CLASH
!

WHOUSH
HIN
HU HU ! FASCINANT.

EH BEN ! QU'EST-CE QU'IL S'EST PASSÉ ICI ?
AH ! T'ES ENFIN ARRIVÉ !
OSLO ! TOUT VA BIEN ? OÙ EST GABRIEL ?
JE L'AI PLACÉ DANS UN CAISSON DE RÉCUPÉRATION CLASSIQUE. IL VA BIEN.
EH ? T'ES SÛR QUE ÇA VA, VIEUX ? T'AS L'AIR FATIGUÉ !
ÇA VA. T'AS TOUJOURS TA FLASQUE SUR TOI ?
BIEN SÛR.
GLUP
GLUP
OH ? C'EST À CE POINT-LÀ ?
TIENS ! PRENDS-EN AUSSI.
TU COMMENCES À ME FAIRE FLIPPER LÀ ! QU'EST-CE QUI S'EST PASSÉ, BON SANG !

TU SAIS D'OÙ VIENT GABRIEL ?
PLANÈTE TERRE, UNIVERS NON RÉPERTORIÉ. POURQUOI ?
ET TOUTE TON ÉQUIPE EN VIENT ?
OUI.
TU N'AS PAS D'AUTRES INFOS SUR LEUR ESPÈCE ?

PAS VRAIMENT... J'AI EU BEAU CHERCHER DES ARCHIVES SUR LEUR MONDE, JE N'AI RIEN TROUVÉ.
J'ESPÉRAIS TROUVER QUELQUE CHOSE QUI EXPLIQUERAIT LEUR FACILITÉ AVEC LA RÉSONANCE...
MAIS J'AI DÉCOUVERT QUE HÉRACLÈS VIENT DU MÊME MONDE !
HÉRACLÈS AUSSI ? C'EST PEUT-ÊTRE UN DÉBUT DE PISTE...
DE PISTE ? MAIS DE QUOI EST-CE QU'ON PARLE ?
LES TROIS PREMIÈRES SÉANCES SE SONT PARFAITEMENT DÉROULÉES. GABRIEL A TENU LE COUP, IL A VRAIMENT ÉTÉ TRÈS COURAGEUX.
MAIS LORS DE LA QUATRIÈME SÉANCE, QUELQUE CHOSE A MAL TOURNÉ... OU ALORS TRÈS BIEN TOURNÉ.
À VRAI DIRE, JE NE SAIS PAS ENCORE TROP QUOI EN PENSER... JE NE M'ATTENDAIS PAS DU TOUT À UN TRUC PAREIL.
MAIS QUOI, BON SANG ! DIS-LE-MOI !

L'AURA DE GABRIEL...
... ELLE EST DEVENUE NOIRE.
...
GLUP
PITIÉ. DIS-MOI QUE T'AS TOUT ENREGISTRÉ.
SUIS-MOI.

SANS DÉCONNER...
QUELQU'UN D'AUTRE PEUT AVOIR ACCÈS À CES IMAGES ?
POUR QUI TU ME PRENDS ?
TU AS DIT QUOI POUR LES DÉGÂTS ?
UN TRUC CRÉDIBLE. J'AI PASSÉ MES NERFS SUR UNE MACHINE RÉCALCITRANTE. ILS ONT L'HABITUDE.
BIEN.

J'AI RÉUSSI À LE CONTENIR AVANT QUE SON AURA NE S'EMBALLE TROP. SINON LES INQUISITEURS AURAIENT DÉJÀ DÉBARQUÉ.
MAIS ON NE POURRA PAS GARDER LE SECRET INDÉFINIMENT.
JE SAIS BIEN.
LORSQUE ÇA SE SAURA, TOUS LES GRANDS POSSÉDANTS ESSAIERONT DE TE LE PRENDRE.
QUANT AUX PRÊTRES...
... QUI SAIT CE QU'ILS FERONT ?
ALORS IL FAUT ABSOLUMENT QU'IL MAÎTRISE CETTE AURA NOIRE AVANT QUE TOUT LE MONDE LE SACHE.
HÉ HÉ !
JE SAVAIS QUE J'AVAIS RAISON DE PARIER SUR CE GAMIN ! MON INSTINCT NE SE TROMPE JAMAIS !
HÉ HÉ !
HA HA !
HA HA ! FORMIDABLE !

CHAPITRE
60

ARENA

QU'EST-CE
QUE JE FOUS
LÀ ?
C'EST PAS
TROP TÔT !
HEIN ?
BON... SI VOUS ÊTES
À MON CHEVET, C'EST
QUE QUELQUE CHOSE
S'EST MAL PASSÉ.
JE NE SUIS
TOUJOURS
PAS GUÉRI,
C'EST ÇA ?
TU ES
PARFAITEMENT
GUÉRI.
SUPER.
ALORS POURQUOI
VOUS AVEZ CES
TÊTES-LÀ ?
LA DERNIÈRE
SÉANCE, TU
TE SOUVIENS
DE QUELQUE
CHOSE ?
COMMENT ÇA ?
POURQUOI EST-CE
QUE JE NE M'EN
SOUVIENDRAIS...

BO-BOM
OH...
DOUCEMENT... CALME-TOI ET DIS-NOUS DE QUOI TU TE SOUVIENS.
J... J'AVAIS TRÈS MAL...
JE N'EN POUVAIS PLUS ET...
... IL Y A EU UNE EXPLOSION...
ET... VOUS M'AVEZ FRAPPÉ !
C'EST SANS IMPORTANCE ! QU'EST-CE QUE TU AS RESSENTI ?
JE NE SAIS PAS...
... UN GRAND VIDE PUIS...
... INCROYABLE ...
... UN GENRE DE PLÉNITUDE.

JE NE RESSENTAIS ABSOLUMENT RIEN.
... ET EN MÊME TEMPS...
... JE RESSENTAIS TOUT.

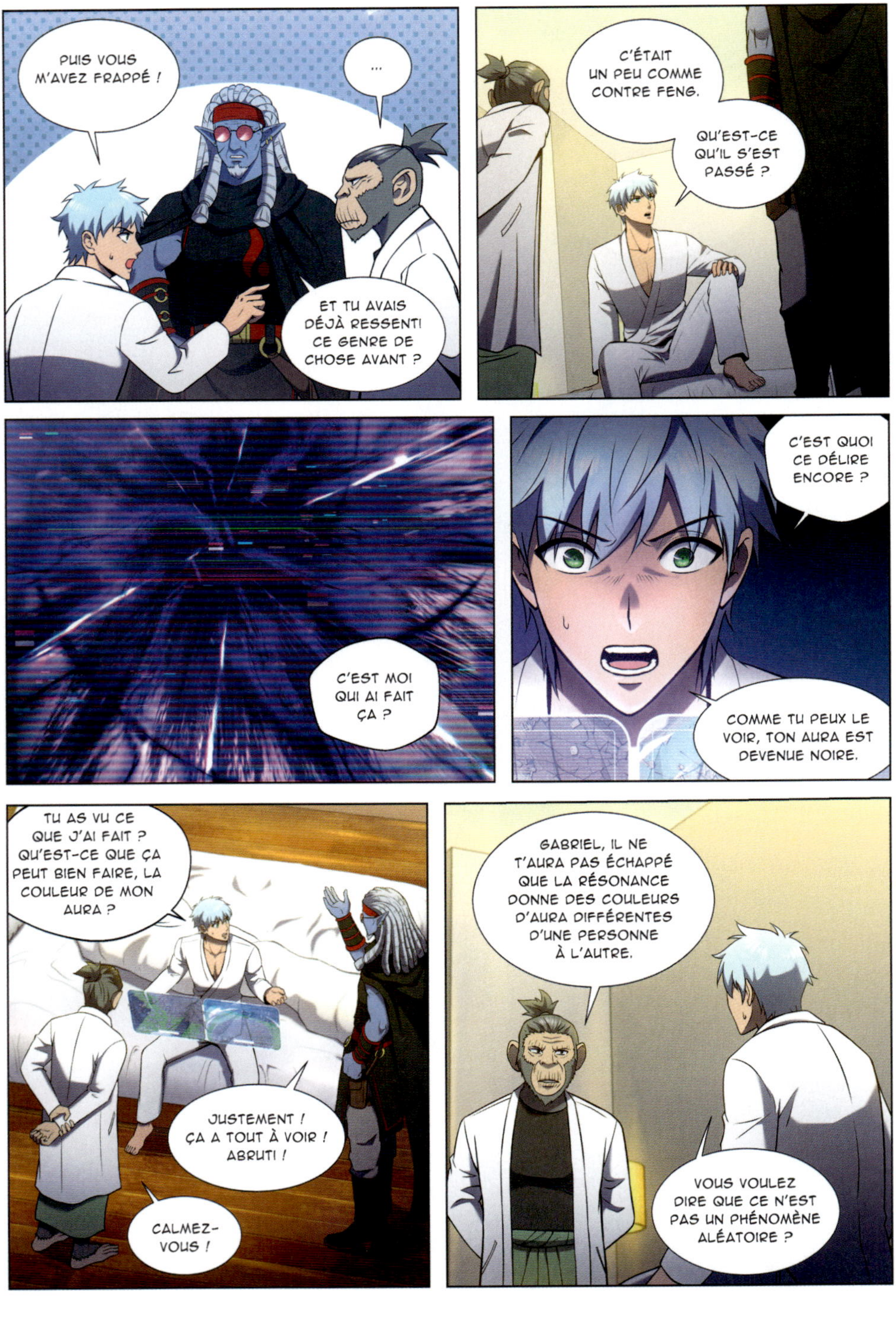
PUIS VOUS M'AVEZ FRAPPÉ !
...
ET TU AVAIS DÉJÀ RESSENTI CE GENRE DE CHOSE AVANT ?
C'ÉTAIT UN PEU COMME CONTRE FENG.
QU'EST-CE QU'IL S'EST PASSÉ ?
C'EST MOI QUI AI FAIT ÇA ?
C'EST QUOI CE DÉLIRE ENCORE ?
COMME TU PEUX LE VOIR, TON AURA EST DEVENUE NOIRE.
TU AS VU CE QUE J'AI FAIT ? QU'EST-CE QUE ÇA PEUT BIEN FAIRE, LA COULEUR DE MON AURA ?
JUSTEMENT ! ÇA A TOUT À VOIR ! ABRUTI !
CALMEZ-VOUS !
GABRIEL, IL NE T'AURA PAS ÉCHAPPÉ QUE LA RÉSONANCE DONNE DES COULEURS D'AURA DIFFÉRENTES D'UNE PERSONNE À L'AUTRE.
VOUS VOULEZ DIRE QUE CE N'EST PAS UN PHÉNOMÈNE ALÉATOIRE ?

EN RÉALITÉ, C'EST UN PHÉNOMÈNE MULTIFACTORIEL QUE NOUS NE CERNONS PAS ENCORE DANS SA GLOBALITÉ.
CELA DÉPEND À LA FOIS DE LA GÉNÉTIQUE, DE LA PERSONNALITÉ, OU ENCORE DE L'AFFINITÉ AVEC LA RÉSONANCE.
MAIS UNE CHOSE EST CERTAINE, PARMI TOUTES LES COULEURS QUE L'ON PEUT CROISER SUR ARENA...
... LE NOIR N'EN FAIT PAS PARTIE !
EN TOUT CAS PARMI LA POPULATION ET LES COMBATTANTS.
IL EST TOUTEFOIS POSSIBLE, EN DE TRÈS RARES OCCASIONS, DE VOIR UNE AURA NOIRE...
... LORSQU'UN INQUISITEUR ENTRE EN RÉSONANCE.

ATTENDEZ... QU'EST-CE QUE ÇA VEUT DIRE ?
ON AIMERAIT BIEN LE SAVOIR, JUSTEMENT !
IL Y A DES THÉORIES SUR LES AURAS NOIRES ET SUR LA RAISON POUR LAQUELLE ELLES ÉTAIENT, JUSQU'ICI, EXCLUSIVES AUX PRÊTRES ET LEURS SEMBLABLES.
LES INDIVIDUS « NORMAUX » SE SYNCHRONISENT AVEC L'ÉNERGIE DU GRAND FLUX POUR ENTRER EN RÉSONANCE.
QUANT À « EUX », IL EST FORT PROBABLE QU'ILS ENTRENT EN RÉSONANCE GRÂCE À UNE AUTRE FORCE FONDAMENTALE DE L'UNIVERS. SÛREMENT UNE FORCE OPPOSÉE.

GLUP
CRR
VOUS ÊTES EN TRAIN DE ME DIRE QUE JE PEUX ÉGALER LEUR PUISSANCE ?

LEUR PUISSANCE, MAIS AUSSI TOUTES LEURS CAPACITÉS... EN THÉORIE BIEN SÛR.
HU HU ! ET AVEC DE L'ENTRAÎNEMENT.
ON COMMENCE QUAND ?
L'ENTRAÎNEMENT SE PASSE BIEN. ILS PROGRESSENT DOUCEMENT, MAIS ILS PROGRESSENT.
NOUS AVONS REÇU LA NOTIFICATION DU PROCHAIN COMBAT, CE SERA DANS 21 JOURS.
SUPER ! POURSUIVEZ L'ENTRAÎNEMENT JUSQUE-LÀ.
MONSIEUR KALIGAN ? VOUS ALLEZ BIEN ? IL ARRIVE QUAND, GABRIEL ? IL EST GUÉRI ?
SINON, ON PEUT PEUT-ÊTRE LE REJOINDRE ? COUCOU GABRIEL ? IL EST LÀ ?
C'EST VRAI QUE CE TROU DE BALLE SE PRÉLASSE EN BORD DE MER PENDANT QU'ON EN CHIE SOUS TERRE ?
ON VOUS A RIEN DEMANDÉ ! BARREZ-VOUS DE LÀ !
BREF. J'IMAGINE QUE VOUS APPELEZ PARCE QUE FINALEMENT NI VOUS NI GABRIEL N'ALLEZ NOUS REJOINDRE.
HMM
ON NE PEUT RIEN TE CACHER !

J'IMAGINE QUE VOUS NE POUVEZ PAS ENCORE ME DIRE POURQUOI ?
PAS POUR LE MOMENT, DÉSOLÉ. MAIS TOUT VA BIEN, NE T'INQUIÈTE PAS.
JE NE M'INQUIÈTE PAS. VU VOTRE AIR NIAIS, VOUS AVEZ SÛREMENT FAIT UNE DÉCOUVERTE EXCITANTE.
PAR CONTRE... JE VAIS VRAIMENT DEVOIR PASSER 21 JOURS DE PLUS SANS RESPIRER DE L'AIR FRAIS NI VOIR LA LUMIÈRE DU JOUR ?
HA HA !
JE TE DONNE DE MES NOUVELLES DANS QUELQUES JOURS ! À BIENTÔT !
TAP
C'ÉTAIT UNE VRAIE QUESTION ! HÉ !
TAP
BZZ
BON ! ON VA POUVOIR S'Y METTRE !

ALLEZ ! NE PERDONS PAS DE TEMPS !
CETTE SALLE D'ENTRAÎNEMENT EST BLINDÉE MAIS AUSSI ISOLANTE !
A PRIORI, PERSONNE NE SENTIRA VOS AURAS EN DEHORS DE CETTE PIÈCE.
VOUS ALLEZ POUVOIR VOUS LÂCHER !
MAIS FAITES GAFFE QUAND MÊME !
WOUSH
WOUSH
HU HU ! ON VA BIEN RIGOLER !
TAP
TAP

LE BUT DE L'EXERCICE, C'EST QUE GABRIEL PARVIENNE À DÉCLENCHER LA RÉSONANCE NOIRE ET À S'EN SERVIR POUR RÉSISTER À KALIGAN !
JE VAIS ENFIN AVOIR UN VÉRITABLE APERÇU DE LA FORCE DE KALIGAN !
BOM
BOM
COMBATTEZ !
AAAAH !
BOOM!

HEIN ?
KABOOM !
C'ÉTAIT QUOI, ÇA ?

!
WHOOP!

SKRRT
GROOO
T'ESSAIES DE ME TUER OU QUOI ?
ÇA CRAINT ! IL VEUT VRAIMENT ME TUER !
L'AURA NOIRE A L'AIR DE SE DÉCLENCHER DANS DES SITUATIONS DE DÉTRESSE INTENSE. ON DOIT LE CONDUIRE AUX PORTES DE LA MORT !
J'ESPÈRE QUE KALIGAN SAURA S'ARRÊTER À TEMPS ! JE M'EN VEUX UN PEU DE NE PAS AVOIR PRÉVENU GABRIEL !
CHOPE !

SLASH
SLASH
SLASH
CRACK!
CHOPE !

OH MERDE !
POW
POW
POW
POW
!
BOOM
BOOM
KALIGAN ! ARRÊTE !
ÇA SUFFIT !

OH ?
MERDE.
DÉSOLÉ, JE ME SUIS UN PEU TROP LÂCHÉ...
... FAIS VENIR UN DROÏDE MÉDICAL, VITE !
NON !

KABOOM!
MAGNIFIQUE !
WOW
ÇA N'EST PAS TERMINÉ !